き追跡者

水原とほる

幻冬舎ルチル文庫

CONTENTS ✦目次✦

美しき追跡者

✦イラスト・水名瀬雅良

✦カバーデザイン＝吉野知栄（CoCo.Design）

✦ブックデザイン＝まるか工房

美しき追跡者

◆◆

狼《おおかみ》は本来群れを成して生きていく。ただ、群れの争いに敗れた狼は一匹で行動する。仲間とうまくコミュニケーションをとれないものもまた、群れを追われて一匹で生きていくことを強《し》いられる。いわゆる「一匹狼」という存在だ。

人が溢《あふ》れる都会で生きる狼もいる。彼らは「人狼《じんろう》」と呼ばれ、やはり群れからはぐれざるを得なかった者もいる。それぞれが一人きりの人狼である。そして、野生の狼とは違い人狼は人狼を狩る。自分が生き延びるため、そして愛する人を守るため、牙《きば》を剝《む》いてくる者は自らが狩るしかないのだ。

「大上《おおがみ》さん、今日はもう上がりですか？」

オフィスのデスク回りの片付けを終えて立ち上がったとき、コーヒーマグを持って通りがかった同僚に声をかけられた。齢《とし》は少し若いがこの民間警備会社では彼のほうが先輩だ。それでも、警視庁機動隊からSATに入隊し十年近く勤めていた修司《しゅうじ》のキャリアを知っているためか、彼の態度にはそこはかとない敬意が感じられる。

ただし、今の自分はもう何者でもない。この企業で民間人の依頼による警護活動に当たる一警備員だ。警護対象は訳ありの人物も多く、警察からの下請けのような業務で危険を伴う場合も少なくない。

首からぶら下げていたIDカードを外しながら修司が今日の任務を終えたことを告げると、彼もちょうど警護の引継ぎをしてきたところらしく、報告書提出が終ったら帰宅できるので一緒に一杯やっていかないかと誘われた。

「おつき合いしたいんですが、今日はちょっと私用がありまして……」

「もしかして彼女ですか？　大上さん、独身でしたよね？」

今年で三十六になるので、そろそろ結婚話があってもいいと思われているのだろう。だが、そういう浮いた用事ではない。

「いや、実は義理の姉を訪ねる予定なんですよ」

「お義姉《ねえ》さんですか……？」

そう言ってから、彼はハッとしたように表情を曇らせた。こういう職業なのでそれぞれの身元は徹底的に調べられているし、必要に応じて全員がその情報を共有している。そういう意味では警察と似たようなところが多分にある業界だ。なので、ジャーナリストであった修司の兄が一年前に不審死を遂げていることは、彼も含めてほとんどの同僚が知っていた。

「もしかして、お兄さんの件について何か新しい情報があったんですか？」

「いや、それについてはもう警察で事故として処理されていますので……」

修司はそれだけ言うと、彼に軽く頭を下げて一足先にオフィスを出た。義理の姉は現在未亡人として一人で暮らしている。そんな彼女の様子を両親に代わって定期的に見にいくのはすでに習慣となっていた。

兄の死によって両親と義姉の関係が疎遠になったというわけではない。ただ、双方が互いを気遣うあまり、距離を置いているという感じだろうか。そして、彼女の顔を見ることで修司自身もまた自ら背負う傷を癒している部分があり、義姉を訪ねる役割を買って出ているのだ。

それは、兄の死よりも一年前のことだった。修司が警察を辞めた理由もまた、事件によって危うく命を落としかけたからだ。都内某所にて起こった立てこもり事件解決のための出動命令を受け、チームの小隊長として参加していた修司は、そのとき薬物で錯乱状態だった犯人の乱射した銃により負傷した。

幸い命に別状はなかったが、全治一ヶ月と二ヶ月のリハビリの後も左足に後遺症が残った。普段の生活にはほぼ影響はないものの、走ると若干左足が遅れる。完全に機能が戻ることはないと診断されて、隊の一線から退き教官職への異動を打診された。

周囲の人間はそれを最善の道だと思ったようだ。両親もこれで息子が危険な任務から後方に回れるだろうと考え、大いに安堵《あんど》したのはわかっていた。隊の中でも修司の能力を高く評価してくれていて、教官として留《とど》まることに期待する者が多かったのも知っている。修司自身も若い部下を育てることは大きなやりがいになると思えた。

けれど、駄目だった。心がそれを認めることができなかった。充分な知識と経験があり、少々のハンディキャップを背負っても一線で能力を発揮できるという自負が捨て切れなかった。だが、組織はそれを許してくれない。隊の幹部の考えは理解できるし、そこに恩情があるとわかっていながら、修司にとってはけっして満足のできることではなかった。

犯罪によって苦しむ人がいると心が痛む。反社会的な行為に対しては心から怒りを覚える。それを自らの手で防ぎ、取り締まることに大きな生き甲斐《がい》を感じていた。だが、同時に修司の中には常に昇華されることのない燻《くすぶ》った感覚があって、それをぶつけるための対象が必要だったのだ。

一線に立って危険な任務に向き合っているときは忘れていられたが、そこから退けば自分を抑えることができなくなるかもしれない。心に抱えている言葉にならない衝動が暴発することを案じた修司は、警察組織から完全に身を引くことを決めた。

今の民間警備会社に勤めるようになって、警察勤務のときより危険が少なくなったかといえばそうでもない。報酬によって請け負う仕事は、むしろ警察以上に危険な任務が多々ある。

だが、両親は少なくとも以前よりは安全が保証されていると安堵しているようで、修司もあえて真実は伏せてきた。

ところが、そんな矢先のことだった。某出版社の報道雑誌の記者をしている兄が事故で亡くなったのだ。車の自損事故とはいえ、あきらかに不審死だった。兄は職業柄いろいろな事件を追っていたため、何か危険な情報をつかんだことで命を狙《ねら》われたのかもしれない。

当然ながら両親の受けた衝撃は大きかった。恋人の一人も連れてこない修司と違い、結婚をして早くに落ち着いていた兄は両親にとって理想の息子だったからだ。ただ夫婦仲はよかったにもかかわらず、なかなか子どもができなかった。

義姉は兄が亡くなってからも都内の小さな戸建で一人で暮らしながら、結婚した当初から開いていたピアノ教室で生計を立てている。生活は楽ではないと思うが、今しばらくは現状のまま心穏やかに亡くなった夫の喪に服したいという。

修司の両親も今となっては未亡人となった彼女のことを心から案じている。まだ四十前の魅力的な義姉を、このまま大上の家に縛りつけていては申し訳ないという気持ちがあるのだろう。

そんな彼女への遠慮と気遣いもあって、この半年ほどは修司が定期的に彼女の生活の様子をうかがいに通っているというわけだ。修司も彼女のことは兄が学生時代につき合いはじめた頃から知っているので、両親よりは本音が語りやすいと思っている。

（実際のところ、義姉さんはどう思っているのかな……）

子どもができなかったことは、今となってみれば幸いだったかもしれない。そして、まだ若く美しい義姉が新たな幸せを求めたとしても当然のことだと思う。ただ、本人が望んでいないなら、両親のほうから無理に勧める話でもないし、彼女を大上家の人間として支援していくことはやぶさかではないのだ。

それ以外にも、彼女について修司には少し気になっていることがあった。それは義姉が先日何気なく漏らしていた言葉だ。

『最近、誰かに見られているようでちょっと怖いの』

警察はあくまでも事故ということで片付けたが、兄の死に不審なものを感じていただけに義姉の言葉に修司は敏感に反応した。すぐに警察に事情を説明して警邏《けいら》してもらえるように依頼するよう言ったが、彼女はその必要はないと笑う。「きっと亡くなった彼がそばにいるのよ」と悲しくもロマンチックなことを言われて、修司も苦笑を漏らすしかなかった。

それでも元警察官として笑ってばかりもいられなくて、修司のほうから地元の警察にはその件を伝えてパトロールの強化を希望しておいた。なので、今日はその件についてももう一度確認してみようと思いつつ、最寄りの駅前で買った手土産《てみやげ》のケーキを持って義姉の家へと向かっていた。

初夏の陽気が心地よく、日もすっかり長くなった。昼下がりの住宅街は人通りも少なく静かなものだった。家のそばまできて、小さな庭の囲い添いを歩きながらいつものように耳を澄ます。今日はピアノの音が聞こえてこない。修司が訪ねる日は生徒の稽古《けいこ》を休みにしてくれているが、彼女が修司を待ちながら練習していることもある。

玄関に回ってインターホンを押し、しばらく待ったが返事がない。何かで手が離せないのだろうか。あるいは、修司がくることはわかっていても近くまで買い物に出ているということは考えられる。もう一度インターホンを押そうかどうか迷っているときだった。

家の中から微《かす》かだが物音がした。いつもの笑顔ですぐに玄関ドアを開けてくれると思ったが、それでも義姉が出てくる気配はない。奇妙な気がして、ふいに不安なものが心を過《よ》ぎった。

ドアノブに手をかけて回すと鍵《かぎ》がかかっていない。この瞬間、修司の全身に緊張が走った。経験と直感が不穏な事態を予測して、警戒と必要に応じた攻撃のスイッチが同時に入る。

義姉は自宅にいるときも必ず鍵をかけている。まして、ここ数ヶ月は誰かの視線を感じると気にしていた。修司がくるとわかっていて、鍵を開けたままにしておいたということだろうか。そして、家の中から聞こえた微かな物音。中にいるなら手が離せなくても声を出してインターホンに応《こた》えることはできる。なのに、彼女の声は聞こえてこない。それらすべての何かが嚙み合っていない気がする。

修司は音を立てないようドアをわずかに開けて、素早く中の様子をうかがう。人の姿はない。ゆっくりとドアの隙間《すきま》から体を滑り込ませると、周囲を見渡して得物になりそうなものを探す。下駄箱の横にある傘立てから一本の傘を抜き取ると、それを小脇《こわき》に挟んだ格好で靴を脱ぎ玄関を上がる。

こちらも物音を立てないでいるが、部屋の奥からも何も聞こえず家の中は静まり返っている。ひたひたと廊下を進み、突き当たりのリビングのドアに身を寄せる。そして、そこで一度呼吸を整えてから一気にドアを開いた。

義姉が驚いてそこに立っていてくれればいい。ところが、修司の目に飛び込んできたのはそうあってほしくないという最悪の状況だった。義姉はリビングの床に倒れていて、首にはベルトが巻きつけられている。

「義姉さんっ」

口が大きく開き半目になっているのを見て、修司は慌てて彼女に駆け寄った。そして、夢中で首に絡んだベルトを外す。意識がないがまだ絶命しているわけではない。慌てて蘇生《そせい》措置を行うが、彼女はなかなか息を吹き返してくれない。

（クソ……ッ。なんでこんなことに……っ）

内心で叫びながらも、今は彼女の命を一番に考えなければならない。マウストゥマウスで呼吸を送り込んでは心臓をマッサージする。祈るような気持ちでそれを繰り返して、やっぱり駄目なのかと思った瞬間、彼女の心臓がピクリと動き細い息が口から漏れたのがわかった。

携帯電話で急いで救急車を呼んで、さらに警察に連絡しようとしたそのとき、リビングの奥のキッチンからまた微かな物音がした。

（誰かいる……。犯人かっ？）

修司はすぐに携帯電話をポケットに戻し、身を低くしたままゆっくりとキッチンのほうへ這《は》うように進んだ。隠れているとしたら、間違いなく義姉を殺害しようとした人物だ。義姉の首に巻きついていたベルトは兄のもの。見覚えがあるので間違いない。だからといって、犯人が他の武器を持っていないとはかぎらない。

修司がやってきて慌ててキッチンに隠れたとしたら、そこにあった包丁を手にしている可能性もある。そして、修司のほうはリビングまで持ってきた傘も姉のそばに放置したままだ。

こうなったらできるだけ相手に悟られないように近づき、一気に接近戦に持ち込んで取り押さえるしかない。リスクはあってもこちらも元警察官で今も警護のプロだ。どんな不利な状況であっても対応できる訓練は積んでいる。

キッチンカウンターを挟んで向こうとこちらで身を潜めながら、修司が回りこむタイミングを計っていたときだった。シュッと空を切るような音がして、修司がハッとして上を見た。すると、ペティナイフが放物線を描いて飛んでいくのが目に入った。

「なっ、ね、義姉さん……っ」

思わず叫んだのは、そのナイフがリビングの床に倒れている彼女を狙って飛んでいくのがわかったからだ。修司は咄嗟《とっさ》にスライディングしながら義姉のところへ戻り、そばに放置してあった傘を手にして柄のボタンを押した。ボンという音がしてジャンプ傘が開き、義姉の胸元へめがけて落ちかけていたナイフが間一髪で大きく弾《はじ》かれ吐き出し窓のところまで飛んでいった。

だが、安堵の吐息を漏らす間もなかった。そのタイミングを計っていたかのように背後から誰かが駆け出す気配がして、修司が振り返って叫ぶ。

「おい、待てっ」

即座に立ち上がってあとを追う。廊下に飛び出したときチラッと見えたのは、小柄で痩《や》せた男の背中。制止の声など聞く耳を持たず、男は玄関を駆け出していった。修司もすぐさまあとを追い、裸足《はだし》のままで外に出た。外門を出たところで修司は男の姿を探す。

(どっちだ？　どっちへ行った？)

右か左か素早く視線を動かしたが、その姿はもうどちらにも見当たらない。ここへくるときも周辺にさりげなく注意を払ってきたが、路上駐車されている車はなかった。犯人は公共機関を利用してここへきたか、離れた場所に車を停めている可能性が高い。

左手には真《ま》っ直《す》ぐの道が続いている。そちらに姿がないということは、右手の道を選び駅へと向かったのだろう。商店街なら人ごみに紛れることもできるし、タイミングよく電車やバスなどがくれば飛び乗ることができるからだ。車を利用しているとしても、利用できるコインパーキングがいくつかあったはずだ。

（逃がすものか……っ）

心の中で上げた唸《うな》り声とともに駆け出すが、こういうときに後遺症の残る足が恨めしくなる。以前のように踏ん張りがきかず、全速力で走ろうとすればわずかに左足が遅れてしまう。言うことをきかない足を叱《しか》るように、それでも懸命に追いかけて修司が垣根の角を曲がったときだった。

反対側からもちょうど角を曲がろうとしている人の姿が目に飛び込んできた。急には止まれず避けきれないと思った瞬間、互いの肩が強烈にぶつかり合った。ほぼ同時によろめいて地面に手をつく格好で二人で倒れ込む。相手はスーツ姿の男性だった。

「す、すまないっ」

詫《わ》びの言葉とともに不審者の逃げたであろう方角に視線をやったが、そこにはもはや誰の姿もなく閑静な住宅街の道が続いているだけだった。逃げられたと内心舌打ちをしたら、ちょうど救急車の音が道の向こうから響いてきた。立ち上がった修司はぶつかった相手にもう一度詫びを言い、義姉の家に戻るしかなかった。

「こっちです。急いでください」

到着した救急車から救急隊が降りてきて、一緒に家の中へ入り義姉の倒れているリビングへと案内する。できるかぎりの応急処置はしたが、容態はかなり厳しいと経験からわかる。

とにかく、ここからはプロの手にまかせるしかなくて、ストレッチャーに乗せられた彼女が運び出されるのに付き添っていこうとしたときだった。

「待ってください。この状況を説明してもらわないとなりません。あなたには残ってもらいます」

いきなり見知らぬ男が家の中へ入ってきたかと思うと、修司に向かってそう言った。どこの誰が何を唐突に言い出したのかと思ったが、それは見知らぬ男というわけでもなかった。

「あなたは、さっきの……」

不審者を追っていったときに曲がり角でぶつかった男だった。あらためてハッとしたのは、彼の驚くほど整った容貌《ようぼう》に気づいたこともあるが、彼が修司の目の前に警察手帳を差し出して見せたせいだ。

瞬時に、開かれた身分証明のページに記載された名前と所属を確認した。紀美原良は「きみはらりょう」と読むのだろうか。警視庁捜査一課の第一強行犯捜査第二係所属となっていた。その所属について少しばかり違和感を覚えたのは、あまり現場に出てくることがない部署だからだ。

それ以上に気になるのは、まだ警察に連絡はできずにいたのにどうしてこのタイミングで彼が現れたのかということだ。あまりにも早すぎる。

「警察がなぜ……？」

修司が怪訝《けげん》に思って呟《つぶや》けば、あまりにも素っ気ない答えが返ってきた。

「なぜ？　それをいちいち説明するとでも？　元警察官ならわかるんじゃないですか？」

言葉は丁寧で柔らかい印象だが、その意思ははっきりしている。必要があったからこの場にきた。そして、主導権は常に国家権力側にあるという彼の態度は間違っていない。修司も警察にいたときはそのように振舞っていた。

「もちろん、これは事件だ。被害者の第一発見者として状況説明はします。ただ、今は義姉の命にかかわることなので彼女に付き添いたい」

修司が紀美原という刑事に言ったが、彼は折れなかった。見るほどに刑事という職業が疑わしく感じられるほどの美貌の持ち主だ。義姉の命が危機的な状況でその整った顔に惑わされることはないが、彼の態度もまた揺るぎないものがあった。

二人の間で緊迫した数分が流れ、救急車のドアが閉じられた。救急隊員が付き添いを求めるが、修司はそれを諦《あきら》めざるを得なかった。ここで紀美原は振り切って病院にいって義姉が助かるならそうする。だが、そうでないなら彼の指示に従うべきだと判断した。

救急隊員には事情を告げて、実家の両親の住所と電話番号を伝える。救急車が出発したあとあらためて紀美原と一緒に家の中に戻ると、すぐさま事情説明と現場検証を始めた。

「では、あなたが訪ねてきたとき、被害者はすでに不審者に襲われ瀕死の状態にあったということですね？」

紀美原 良
POLICE
警視庁

修司の説明を聞いて紀美原は一応納得した素振りをみせる。だが、その目は修司の話をすべて信じているものではなかった。

「とにかく、ここは鑑識がくるまでこのまま触れずにいてもらいます。それから……」

「質問に答えるのはかまわないが、こちらにもいくつか疑問がある」

「答える義務があるとは思えません」

警察組織とは民間人に対してそういうものだ。そうでなければ捜査ができないからだ。だったら、他に確認したいことがある。紀美原に対しての疑問はこの際置いておくとして、義姉がなぜこんな被害に遭わなければならなかったかということだ。その原因を探らなければ犯人を特定するのは難しい。

「リビング以外の家の中を調べたいんだが……」

「それも本来は警察の仕事ですがね」

「被害者の身内としての権利は認めてもらいますよ」

修司が警察に電話しなくても紀美原自らが連絡を入れたので、間もなく捜査員と鑑識がやってくるだろう。それまでに修司は自分の目で確かめておきたいことがいくつかあった。

不審者が隠れていたキッチンには遺留品らしきものはなかった。義姉の倒れていた現場に手をつけることはできなかったが、目視で確認するかぎりそこにも特に目につくものはない。男が義姉の首を絞めていたベルトは兄のものだ。そして、投げてきたペティナイフもこの家のキッチンにあったもの。犯人は自分で凶器を持ち込んでいない。その点に関してだけでも推察できることがある。逃走した男はまったくの素人《しろうと》ではないということ。

個人的に恨みがあって襲うにしても任意の家を狙う強盗にしても、手ぶらで押し入ることはない。なんらかの脅しの道具となる凶器を持って犯行に及ぶのが普通だ。だが、犯人は証拠を極力残さない犯行を企んでいた。その場にあるものを使った犯行というのは一番合理的であり、最も捜査を難しくする。

次に修司が向かったのは奥の寝室だ。小さな戸建は二階建てだが、夫婦は一階の西の部屋を寝室にしていた。二階にある二室は兄の書斎と資料部屋として使用されていた。

兄のベルトを持ち出したとしたら、寝室にあるワードローブからに違いない。寝室は垣根に囲われた庭に面している。男は土足のままだった。追っていった修司は裸足で飛び出したが、犯人は靴を履いていたのはこの目で確認している。だとしたら、玄関からではなく義姉がリビングにいる間に寝室の窓から侵入したと考えられる。

「ここから進入したのか」

黙って修司についてきた紀美原だったが、寝室の中の様子を見て呟いた。案の定、窓ガラスには鍵のそばに拳《こぶし》の入る程度の穴が開けられていた。ガラスカッターで切り目を入れて、あとは軽く手で押せば穴が開く。そこから手を突っ込んで開錠する古典的な手法だが、小さなカッター一つでできる簡単で確実な方法だ。

そこで疑問になるのは犯人の目的だった。義姉を殺害することが最終的な目的ではないはずだ。他にこの家に押し入った理由があるとすればそれは何か。深く考えるまでもなく、脳裏に浮かぶのは兄の不審死についてだ。ジャーナリストだった兄の死から一年。修司の中であれが事故ではなかったという思いは未《いま》だに強い。何か大きなスキャンダルや事件を追っていたとしたら、命を狙われる可能性はあったと思う。

そして、今回の義姉が襲われた一件がまったく偶然の不運とは思えない。修司は寝室を出た足で二階の兄の書斎へと向かう。その途中、階段下でハッとして一度足を止める。修司の視線を追うように、背後にいた紀美原も同じように廊下の片隅に視線を落としていた。

「被害者のものですね？」

修司は転がっている片方だけの室内履きを見ながら頷いた。そこに揃《そろ》えて脱いであるなら不思議ではない。だが、右足だけが転がるようにそこに放り出されている。きれい好きで常に部屋をきちんと整えている彼女らしくない。そう思った途端、修司は一気に階段を駆け上がると、いやな予感とともに兄の書斎のドアを開いた。果たして、そこは犯罪の現場はこうあるべきという様子で、見事に荒らされていたのだった。

「犯人の目的はこちらにあったようだ……」

修司のあとからゆっくりと部屋に入ってきた紀美原はそう呟くと、スーツの内ポケットからおもむろに手袋を出してくる。それを手に嵌《は》めて修司にここにあるいっさいのものに触れないよう告げたとき、階下の道からはサイレンが聞こえてきて、やがて数台のパトカーが停車する音がした。

◆◆

『今日までお勤めご苦労様でした』

あの日、深々と頭を下げて見送ってくれたのはSATの一期後輩の男だった。一緒の現場で命を張って闘《たたか》った男でもある。彼の言葉には万感の思いがこもっているのはわかっていた。けれど、同時に彼の言葉とともに自分は第一線を退くだけなく、これまで築き上げてきた多くのものを捨てるのだと実感していた。

やるべきことをやり、果たすべきことを果たしてきた。そして、傷を負った自分はこの場に留まるべきではない。あのときはそう自分を言い聞かせて納得したつもりでいた。

(実際、そうでもなかったわけだが……)

警視庁にやってきたのは二年ぶりになる。もう少し感慨があるかと思ったが、今はそれどころではないというのが正直な気持ちだった。義姉の容態は極めて深刻だ。外傷は打撲や擦《かす》り傷程度だが、呼吸が止まっていた時間が長く、遷延性《せんえんせい》意識障害の状態にある。すなわち植物状態ということだ。早くて数日から数週間、長くても数ヶ月の間に意識が戻れば、リハビリ次第でかなりの回復が望める。だが、そうでなければ元の生活に戻る見込みはかぎりなくゼロに近くなるという診断だった。

　あのとき、もう少し早く家に着いていればと悔やまれる。けれど、そんな修司の後悔を言葉どおりに受けとめてくれないのが警察だ。まさか自分の古巣に疑いをかけられるとは思っていなかったが、殺人絡みの事件では第一発見者に嫌疑がかかるのは仕方がない。

　それでも、その疑いはすぐに晴れると思っていた。すでに退職したとはいえ、警察の捜査の手順や方針の組み立て方についての知識は持っているつもりだ。だから、彼らの納得のいく説明をすればいいだけで、なおかつ修司は犯人と接触しておりはっきりとではないがその姿も見ている。なので、警察に協力できることはあるはずだった。

　あの現場で確認したかぎりの推察として、まずは単純な強盗犯罪ではなく、犯人は素人でもないということ。兄の書斎が荒らされていたことからもわかるように金銭以外の明確な目的があり、強盗及び殺人に関して少なからず知識と経験を持った人間の犯行だ。当然のように過去の兄の不審死に関連があると思われる。今回の事件により兄の死が単なる事故でなかったことを認識し、再捜査してもらうためのきっかけになればせめてもの救いとなるだろう。

　任意の事情聴取の際に警察から聞いた話では、義姉はキッチンでお茶の用意をしていたらしい。修司がその日の午後に電話をして、夕刻に訪ねていくと連絡をしていたからだ。お茶の用意をする直前に、彼女は駅前のケーキ屋に行ってインターネットでも評判になっている手作りクッキーを購入している。帰宅後、珍しく玄関の鍵をかけなかったのは、間もなく修司がくるとわかっていたからだ。おそらく、犯人が寝室の窓を破り侵入したのは義姉の外出時だろう。

二階の兄の書斎に入り何かを探していた痕跡《こんせき》がある。そこへ義姉が帰宅してキッチンでお茶の用意を始める。犯人が目的のものを見つけたか否《いな》かはわからない。だが、男は義姉の目を盗んで家から出なければならなくなった。

逃走のタイミングを計っていたものの、本や資料だらけの部屋を相当荒らしていたため何かが崩《くず》れたのかもしれない。誰もいないはずの二階から物音がして、不審に思った義姉が階段を上がる。

書斎のドアを開けた彼女は部屋の異常に気づいたと同時に、犯人の姿を見たのだろう。慌てて階下へ駆け下りて助けを呼びにいこうとしたはずだ。室内履きが片方だけ一階の廊下に転がっていたのは、おそらく逃げるとき脱げたから。

だが、犯人はそんな彼女を追って一気に階段を下りてきた。玄関へ向かうかリビングに逃げ込むか、咄嗟の判断で彼女はリビングへ駆け込んだ。そして、そこがまさに彼女の命を危険へと追い詰める場所になった。

犯人は寝室から侵入したとき、万一の事態に備えてタンスから兄のベルトを持ち出していたのだろう。まさにそれを使うときがきて、転んで床に倒れ込んだ義姉の首にベルトをかけ力一杯絞めた。顔を見られたなら殺すしかないという判断だ。

ところが、殺害が完結する前に修司が家に着いてインターホンを鳴らした。おそらく犯人は焦っただろう。義姉は修司の訪問に気づいて力を振り絞ったのかもしれない。あのときいくら待ってもインターホンの返事がないのに、家の中から物音がして修司は奇妙に思ったのだ。

「何度も話しているとおりです。男の特徴はやや小柄で痩せ型の短髪。後ろ姿しか確認していませんので、特徴的な部分といえば……」

修司はその日も警察にて当日の状況を説明していたが、すでに一週間が過ぎているというのにまったく捜査が進んでいる様子がない。彼らの苛立《いらだ》ちもわかるが、修司にしてみれば身内が犯罪に巻き込まれ今も重態なのだから、その焦りと怒りは彼ら以上のものがある。

昼間の仕事のあとには必ず義姉の入院している病院を見舞い、そこでは交代で付き添っている両親と彼女の両親の打ちひしがれた姿を見ている。苛立ちというなら、まさにあの場で彼女を救いきれなかった自分自身が一番感じている。だからこそ、こうして頻繁な警察からの呼び出しにも応えているのだ。なのに、彼らの筋立てはどうやら修司が予測していなかったほうへ向かっているらしい。そのことに気づいたのは、三度目の任意の事情聴取のときだった。このとき立ち会ったのは紀美原刑事だった。

「警視庁捜査一課の第一強行犯捜査第二係所属といえば、普段は捜査本部の召集など業務関連の仕事ではないのか？　どうしてこの事件に関してはここまでかかわっているんだ？　そもそも、あの日義姉の家にやってきた理由は……」

紀美原が自分よりも年齢が若いことを知り、修司が堅い詰問口調になるのは現役時代の癖のようなものだ。それと同時に、警察の自分に対する処遇について納得のいかない部分があるからでもあった。だが、紀美原はそんな修司の態度を一蹴《いっしゅう》するがごとく、皮肉に満ちた笑みをその美貌に浮かべてみせた。性別にかかわらず、整った顔というのはそれだけで一種の迫力がある。だが、そんな彼の態度に気圧《けお》されるでもない。それ以上に修司には自らの主張に自信がある。

「あのとき、わたしは不審者を追って家を飛び出して、角を曲がったところで君にぶつかった。君はわたしの前にやってきた男の姿を認識していたはずだ」

修司の不満はそのことであり、自分にあらぬ疑いがかかっているのもそのせいだ。紀美原という刑事はいったい何を考えているのか。修司のように内部の事情にある程度詳しい人間をしても、彼の考えが見えなくて内心では大いに困惑していた。

「残念ですが、その不審者という男をわたしは見ていない。わたしが見たのは、慌てた様子で角から飛び出してきたあなたの姿だけなんですよ。そう、まるで犯行現場から逃げ出そうとしているかのような……」

「そんな馬鹿《ばか》なっ。本気で言っているのかっ？」

国家権力に向かって怒鳴ったところで仕方がない。それは自らの経験でよくわかっている。だが、その紀美原の言葉にはさすがに修司も気色ばんだ。こちらが警察の手の内を知っているように、警察も修司が元は警察関係者だと知っているのだから、無駄な駆け引きはしないと思っていた。にもかかわらず、あのときの男を紀美原は見ていないという。

カマをかけて本音や真実を吐かせることは常套《じょうとう》手段だが、この事件について修司にそれをするのはあまりにも時間の無駄で愚かな行為だとしか言いようがない。そして、警察組織はけっして相手のペースにはのらない。自分たちが筋書きを作りペースを作るのだ。

彼らの筋書きは修司がこの犯罪の重要参考人であるということらしい。重要参考人とはすなわち、犯人の第一候補という扱いだ。すべてを順序立てて話せばわかってくれるはずだと思っていたが、ここにきて紀美原が事情聴取に立ち合うということは、修司の重要参考人という立場がかなり固まっているように思えた。

もはや苛立ちというレベルのものではない。何度目の前のデスクを拳で叩《たた》き、怒鳴りたくなったかわからない。だが、そういう態度によって自分の立場が優位になることもなければ、相手が真剣に耳を傾けてくれることもない。

修司が指を組んだ手をデスクにのせたまま黙り込んでいると、紀美原は一緒にこの事情聴取に立ち合っていた彼よりも若い刑事に指で合図を送った。それを見て彼は黙って頷《うなず》くと部屋を出て行く。紀美原が二人きりになった意図はわからないが、修司のほうはこれで少しは腹を割って話せるかと思った。彼はあのとき修司と一緒に兄の家の中を見て回った。一連の行動から、修司が犯人ではないという心象を持っているはずだ。

「実際のところ、君はどう思っているんだ？　本気でわたしが犯人だと思っているわけじゃないだろう？」

ＳＡＴ時代には本庁にくることもたびたびあったが、彼のことは知らなかった。徹底した現場主義と訓練に明け暮れている機動隊と本庁の刑事とでは、同じ事件に立ち合う機会でもなければ顔さえ知らないということも多々ある。

だが、民間人になり義姉の事件で事情聴取をされるようになって、修司は初めて紀美原という刑事のことを知った。つまり、彼が警視庁でどういう存在かということを知ったという意味だ。それらの情報を教えてくれたのは、ＳＡＴ時代から親しくしていて最後に修司を見送ってくれた例の後輩だ。

一言でいうなら、彼は奇妙な刑事らしい。優秀な刑事だが、端正な美貌から受ける印象とはまったく違う一面を持ち合わせているという話だった。

修司よりは四歳若いと聞いているので、今年で三十二歳になるはずだ。そんな紀美原は二十代の頃から切れ者と評判で刑事部の一課に配属されて現場に出ていたものの、捜査のやり方が強引でたびたび問題となっていたという。犯罪や悪人を憎むあまり暴走するタイプの刑事はいないでもないが、彼の場合はそのモデルのような容貌とのギャップが大きすぎて周囲から注目を集めがちだったようだ。

警視庁内でも有名な美貌の刑事だが、性格は冷めていて人に心を開かない男。それが紀美原という人間だった。度重なる厳重注意でも彼の暴走を止めることはできなかった。捜査は荒いが、検挙率は抜群に高い。どんな危険な現場にも自ら飛び込んでいき、確実に結果をつかんでくる。その豪腕は誰しも否定できるものではなかったという。

だが、暴走を暴走のまま放置しておける組織ではない。世間を騒がせるような大きな問題を起こしてからでは遅い。容貌をとやかくいうわけではなくても、万一のときはそれが大きく取り上げられて、組織に与えるダメージも小さくはないだろう。

上層部が案じる気持ちは理解できる。警察はこの国において最も保守的な組織の一つだ。才能も能力も買うけれど、だからといって単独で規範を逸脱する行為を許すこともない。それ故《ゆえ》に紀美原という男は庶務的な仕事と、さらには後方支援業務を荷《にな》う現在の部署に異動になったという。

ところが、今回の件で修司と現場で鉢合わせしたことにより、捜査の一線に計らずも戻ることになったらしい。彼が張り切る気持ちはわかるが、犯人を挙げたい一心で修司に嫌疑をかけているとすればそれはあまりにも安直というものだ。

「あのとき、わたしと一緒にいた君にはわかっているはずだ。にもかかわらず、わたしを犯人だと疑うなら自らの捜査能力の低さを露呈させているも同然だ」

けっして挑発するつもりはなく、あくまでも冷静に事実を言葉にしただけだ。兄の書斎を一緒に確認した紀美原も、これが単純な強盗事件でないことはわかっているはずだ。あきらかに何か目的を持って家に侵入し、義姉に気づかれて殺害しようとしたのだ。それでも、紀美原は皮肉っぽい笑みを浮かべて小さく肩を竦《すく》めてみせた。

「もちろん、捜査員も書斎は調べましたよ。だが、これといって怪しげなものは出てこなかった。もっとも、ジャーナリストとして集めていた資料や記事などはかなり過激で問題のあるものもあって、なかなか興味深いと思いましたけどね」

迷宮入りした事件などを追った記事や独自取材で手に入れた証拠などもあったから、警察がそう思うのも無理はない。だが、それらの中で犯人が何を探していたのかを特定するのは難しい。あるいは、男がまんまとそれを見つけて持ち出した可能性も否定できないのだ。

「家捜しした部屋というのは、偽装した場合とそうでない場合には違いがあります。本当に探しているものがある場合と、意味もなく単純に荒らした場合にも違いがある。プロが見ればそれらの違いはわかります。とりあえず、お兄さんの書斎が何か特定のものを探す目的で荒らされたのは間違いないようですが……」

当然だろう。強盗目的であったかのように偽装する意味などない。だが、彼の持って回っ

た言葉に修司は何やら不穏なものを感じていた。それは、プロなら偽装を見抜けるが、やっ
たほうもプロなら見抜かれないように偽装することもできると暗に示唆しているように聞こえた。すなわち、修司のようなプロならばという意味だ。

紀美原はスーツのズボンのポケットに両手を押し込んだまま、上半身だけ曲げてその美貌をすぐそばまで近づけてくる。切れ長の美しい目が探るように修司を見つめていた。そのとき、微かに柑橘《かんきつ》系のさわやかな匂《にお》いがして、彼がつけているコロンだと気がついた。ずいぶんとすかした刑事もいたものだと思ったが、彼の場合は似合っているから嫌味に思えない。

現場では相当派手な真似《まね》をして始末書の山を作っていたというが、今の彼は見事なほどのポーカーフェイスでその心を読ませない。静と動でいえば、完全なる静の部分なのだろう。ただし、ただ落ち着いているというよりも心までがないかのように冷たい。

「あなた、お兄さんが亡くなってからたびたび彼女を訪問している。それって、身内としての心配からだけですか？」

耳元近くまで寄せられた彼の唇の口角が微かに持ち上がり、皮肉っぽい笑みが浮かんでいる。わずかに顔をそちらへ向けた修司の視線がそれをとらえ、たずねる。

「どういう意味だ？」

「被害者である大上彩香《あやか》さんとは、あなた自身も長い知り合いだそうですね」

「兄と義姉は大学時代からのつき合いで、卒業して間もなく結婚した。その当時からわたし

も兄から紹介されて彼女のことは知っていたから二十年近くになると思うが、それが何か?」

「ところで、あなたは結婚されていないんですよね?」

プライベートな質問に答える必要はあるだろうか。紀美原はまるで罪状を追及する検事のように、さらに意味深長な言葉を続ける。

「もしかして、彼女に特別な思いを寄せていたりするのかなと思いましてね」

このときばかりはたまらず手のひらでデスクを強く叩《たた》いてしまった。

「何が言いたい? こちらは捜査協力をしているつもりだが、警察は下世話な推測などしているほど暇なのか?」

「すべての可能性を考えているんですよ。あなたも二年前まで警察官だったなら、それくらいわかっているでしょう? それとも、探られては困ることでもありますか? 違うなら否定すればいいだけだ」

涼しい顔でそう言うと、紀美原は修司の向かいではなくデスクの横に椅子《いす》を自ら持ってきて、そこで向き合うように足を組んで座る。向かい側に座るより距離が近く、より圧力をかけることができる態勢だ。さらには肘をデスクにのせて、こちらの表情をうかがうように話を続ける。

「まぁ、警察官といっても現場が専門でしたよね。あなたはとても優秀なSATの隊員だったと聞いています。その足の怪我《けが》も部下を庇《かば》ってのことだそうですね。教官のポジションの提示もあったのに、どうして断わったんです？　いい条件だったようですが」

「それは今回の事件には関係ないだろう」

「関係あるかないかは我々が判断しますよ」

紀美原はあくまでも態度を変えないつもりらしい。だったら、修司にも言いたいことはある。

「ならば、こちらも質問させてもらいたい。なぜ君が事情聴取をしているのか？　そもそも、今の君の役割は庶務的なことであって、現場での捜査ではないだろう。あまり出しゃばった真似をしていたら、今度は始末書ではすまないんじゃないか？」

軽く仕返したつもりだったが、思いのほか効果があったようだ。紀美原のポーカーフェイスにほんの少しだが緊張が走ったのがわかった。しばしの間、二人は沈黙とともに睨《にら》み合う格好となった。睨み合うというよりは探り合うといったほうがいいかもしれない。

互いが互いの力を計っている。野生の動物がサバンナで向き合ったとき、戦うか逃げるかの判断をする一瞬にも似ていた。とはいえ自分たちは人間であり、ここは警視庁内の一室だ。次の瞬間には紀美原が力を抜いて無駄な睨み合いにあっさりと終止符を打つ。

「今日はこのあたりにしておきましょうか」

苦笑とともに言って立ち上がろうとしたが、修司はそれで終らせるつもりはなかった。

「まだ君はわたしの疑問に答えていない。そもそも君はなぜあの日、義姉の家にやってきたんだ？　まさか偶然などと寝惚《ねぼ》けたことは言わないだろうな？」

兄の死については、何度も警察に不審死の疑いで再捜査を依頼していた。だが、一度は事故死で片付けられたかぎり、その後に新たな情報があったとしてそれをいちいち被害者に報告にやってくるほど警察は親切でも暇でもないはずだ。

だったら、紀美原はなぜあのときあの場にいたのか。警察が修司を疑うというのなら、修司もまた警察に不信感を抱かざるを得ない。警察というのはけっして民間人に情報を提供することはないが、無駄とはわかっていてもたずねずにはいられなかった。すると、紀美原は一度立ち上がりかけた椅子にもう一度腰かけると、修司の顔を凝視して感情のない表情で言った。

「タレ込みがあったんですよ」

「なんだって？　それは、どういう内容だ？」

「亡くなった大上庸一《よういち》氏の妻である彩香さんの命が狙われているという内容ですよ」

思いがけない紀美原の言葉に、修司が一瞬絶句した。やっぱり、兄の死は事故ではなかったのだ。そうでなければ金目のものに手がつけられず、兄の書斎だけがあんなふうに荒らされていた説明がつかない。

あらためて確信を持った修司は、紀美原にぜひもう一度の兄の不審死から調べ直してほしいと頼もうとした。なのに、彼はそんな修司の言葉を聞かずに今度こそ立ち上がると、ドアのほうへと手のひらを差し出した。今日はもう帰ってもらっていいという意味だ。

「いや、だが……っ」

「いいですか？　タレ込みがあって、その場に行くと本当に事件が起こってしまった。そして、その場にはあなたがいた。我々が今追求しているのはその事実なんですよ」

警察の修司に対する疑いはかなり深い。自分はひどく面倒な立場に追い込まれつつあるという実感に、部屋を出た修司は思わず廊下の壁を拳で叩くしかなかった。

◆◆

義姉はあの日から目覚めることがないままだ。

「どうしてこんなことになってしまうのかしら……」

目を開くこともなければベッドに横たわったまま動くこともない彩香の手を握りながら、修司の母親が悲しみにうな垂《だ》れていた。きっと心からの呟きなのだろう。息子を亡くし、残された嫁までがこんなことになって、彩香の家へも顔向けができない思いでいるのだ。

もちろん、彩香の両親も交代で付き添いにきてくれているし、大上の家を責めるような言葉や態度はいっさいない。ただ、彼らにしてみれば娘を不憫《ふびん》に思う気持ちは隠せない。そして、修司も見舞いにやってくるたびに胸が潰《つぶ》れそうな痛みを覚えていた。

「母さん……」

修司が声をかけると、ベッドのそばに座っていた母親が溜息《ためいき》とともに立ち上がって振り返る。

「ああ、きてたのね。仕事はいいの？」

病室の入り口に立つ修司の姿に気づいた彼女に声をかけられて、修司は力のない笑みとともに仕事上がりだと告げた。これから帰宅して一眠りしたらまた仕事に戻る。その前に義姉の様子を見ておきたかったのだ。

「義姉さんの容態は？」

母親は黙って首を横に振る。事件があってから二週間。未だに彼女は意識を取り戻さない。

「母さんもあまり無理しないでくれよ」

疲れ果てて消沈している母親を見ながら言えば、彼女は修司の顔を見上げて心配そうに表情を曇らせる。

「わたしは平気よ。それよりあなたのほうこそ大丈夫なの？　警察にも呼ばれているんでしょう？」

修司は今でもＳＡＴでの任務に誇りを持っている。だが、母親は修司の過去の危険な任務や兄の不審死に関する捜査など、諸々《もろもろ》について警察という組織の誠実さを疑っている。その気持ちはわからないではない。警察組織の閉鎖性と特殊性、さらには無条件で信頼するには難しいことを民間人となった今はあらためて理解して皮肉に感じていた。

「相変わらず仕事も忙しそうだし、お願いだから体だけは大事にしてちょうだいね」

仕事のほうは特に問題はない。今は、某商社との合弁の交渉のために来日している北米の要人の警護に当たっている。十二時間ごとに交代して二人一組が二チームで行っているので、任務上がりに病院に立ち寄るようにしていた。また、警察からの呼び出しは任意なので、こちらの都合に合わせてもらうようにしている。

それでも、緊張と疲労、不安と困惑が募るばかりの日々だ。これで少しでも義姉の事件の捜査が前向きに進んでいるならまだしも、修司に疑いがかかっていると両親が知れば、ますます彼らを苦悩のどん底に突き落とすことになる。

とにかく、義姉のことは両親たちに任せて修司は自分の潔白を証明し、犯人逮捕に協力するしかない。そして、今は次のシフトに備えるために一度帰宅して一眠りしておかなければならない。病院をあとにして駅へと向かう途中、病室のベッドに横たわる痛々しい義姉の姿を思い出し重い溜息を漏らす。

それだけではない。昨日の事情聴取を思い出せば、なおさら暗い気分になってしまった。紀美原という刑事は奇妙な男だ。人目を引かずにはおかない美貌と、三十二という年齢であのポジションにいるという特異な経緯。単純に優秀だからという理由で就いたポジションではないことは明白で、本人もけっして満足はしていないらしい。

（要するに、危険人物の隔離だな……）

ＳＡＴの中にもそういう人物はいた。能力的には優秀だが、性格的に問題があるという者だ。危険な現場に立ち向かうからこそ冷静さが求められる。感情がコントロールできないようでは、自らばかりかチームまでも危険に巻き込んでしまう可能性がある。

そういう人物があえて第一線から外されて、庶務的なポジションに回されたケースを知っている。紀美原もあきらかにそういうタイプだと思われた。話していて切れ者だということはわかる。だが、過去の現場での暴走はかなりのものだ。

書店の棚に並ぶメンズファッション雑誌にでも載っていそうな容貌で、本人もコロンの香りを漂わせているような一見優男なのに、この男は犯罪者には一切の容赦がない。犯人の追いつめ方、取り押さえ方、さらには取り調べ方。どれをとっても過激すぎて、一歩間違えれば人権団体やそういう活動に力を入れている弁護士から訴えられそうな真似を平気でやってのける。組織が抑えてきたこともあり、過去に大きな問題に発展したことはないが、性格的にはやや難があるのは間違いないだろう。

だが、修司が彼を厄介な男だと感じているのはそれだけではない。あの男は修司がけっして誰にも話したことのない心の奥の奥に秘めていたものに、その白い手を伸ばして摑《つか》み取るかのように笑った。

『もしかして、彼女に特別な思いを寄せていたりするのかなと……』

そんなことはない。少なくとも、彼が想像しているような男女の関係について、それを意識したことはない。ただ、彼女は修司にとってとても大切な女性だったことは間違いない。

大学時代に兄が彼女とつき合いはじめ、初めて実家に連れてきたとき修司はまだ高校生だった。直感で二人は結婚するのだろうと思った。それほどに似合いの二人だった。当時二十歳になったばかりの彼女は潑剌《はつらつ》とした美人で、幼少の頃から親しんだ音楽への情熱を持ちながら進むべき将来を探している女性だった。

大学卒業後、兄は出版社に就職し、義姉は自宅でピアノ教室を開き新婚生活を始めた。二人の姿は弟の修司から見ても理想的な夫婦だった。自分もあんな家庭を持ってみたい。そんな思いは常にあったし努力もしたけれど、結局は叶《かな》わなかった。

昼下がりの比較的空いた電車の中で、修司は疲れた体をシートの背もたれにあずけながら考えていた。

（誰にでも理解できるわけではないだろうからな……）

今でも彩香は修司にとって憧れの女性であることは変わらない。ただし、それは一度も性的なものを意識することのない純粋な思いだ。修司が異性にそういう欲望を持てないことは、言葉で説明しても仕方がない。つき合った女性には誠実に心を傾けてきたつもりだ。性交渉もあったし、果てることもできた。ただし、どうしても満たされなかった。修司自身がこのことには長らく苦しんできた。そして、今では諦めてしまった。

紀美原の描いている筋書きとしては、兄嫁を慕う気持ちが募って修司が彼女に迫り、拒まれたあげくにカッとなって犯行に及んだということなのだろう。現場に男女しかいない場合、まずは痴情のもつれを考えるのは理解できる。それは犯罪統計的にその確率が高いからだ。だが、今回の件に関してはまったくの論外だ。そして、何よりも他に疑うべき証拠が現場にあったはず。

修司が現在担当している警護の任務は明後日《あさって》で終了する。十二時間交代での勤務が一週間続いたのちに二日の休暇が取れる。その後は次の任務が入るまでデスクワークで報告書を作成することになる。

時間に余裕ができるのはいい。母親の言うように体を休めるためではない。警察が疑っているなら、修司は自分のやり方で義姉を襲った犯人を突きとめる手立てを考えるしかない。そのための時間が必要なのだ。

(犯人の男は何を探していたんだ……?)

それは姉の事件だけでなく、兄の不審死にも繋《つな》がるはずだ。息子夫婦に予期せぬ不幸が襲い、両親の心労も相当なものだ。このうえ修司までが冤罪《えんざい》を被《こうむ》ることになったら、不可抗力とはいえ親不孝にもほどがある。

こんな馬鹿げた不幸の連鎖は止めなければならない。真面目《まじめ》に生きてきた人間が、事件や事故に巻き込まれて人生を崩壊させ、家族まで嘆き悲しませるような世の中であってはいけない。すでに国家権力の傘の下から離れた修司だが、それでも己の力で成さねばならないことがあるならそうするまでだった。

警察の現場保存の期間が過ぎて、すでに兄夫婦の家は完全に引き渡されている。ただし、残念なことに帰る人は今も入院中なのだ。

二十日ぶりになるだろうか。事件のあと、義姉の両親や妹が部屋の片付けにやってきて以来誰も入っていない状態だった。兄がいた頃は幸せな夫婦が暮らす温かい家庭だった。兄が亡くなってからは、未亡人となった義姉が寂しさを噛み締めながらも一人で強く生きている家だった。

様子見に通ってくるたび修司は義姉と一緒にお茶を飲んで世間話をしながら、彼女がこの先の人生でどうすれば幸せになれるのか、そのために大上の人間が何をしてあげられるのかを考えていたものだ。だが、今はもう住む人のいない抜け殻の家になってしまった。

しばしの感傷のあと、修司は自分自身のスイッチを入れる。一民間人の自分が、事件の捜査及び解決のために現場に立つ人間になる。ここからは客観性と洞察力、さらには捜査経験からの勘だけが頼りになる。感情的なものをすべて忘れて行動しなければならない。

もはや鑑識が徹底的に調べた家だが、何か見落としがあるかもしれない。家族だからこそ気づくこともあるはずだ。まずは兄の書斎を調べることにした。すべての鍵はそこにあると思われる。警察の事情聴取では何度もそのことを訴えた。だが、彼らがどこまでそれを真剣に受けとめているかは怪しい。だったら、自分の目でそれを確かめてみるしかないだろう。

修司は二階の兄の書斎へ入ると、凄《すさ》まじく荒らされたあのときの様子を思い出す。今はすっかり片付けられた状態で、いくぶん落ち着いた心持で部屋の中を検分していくことができる。

まずは書棚や机の引き出し、全部で三台あるパソコンをチェックしなければならない。他にも取材用に持ち歩いていたタブレットなどがある。すべてその場に残されていて、兄の不審死のときに調べてほしいと訴えたものの、警察はいっさい手をつけないまま事故死と断定した。その手前もあるのかもしれないが、今回の義姉の事件でもそれらは押収されることもなく形ばかり部屋を調べた程度で放置されていた。修司にとっては不幸中の幸いと言ってもいいだろう。

義姉を襲った犯人はこの部屋を物色し、何かを見つけて持ち出そうとしていたに違いない。それは兄の不審死にもかかわる何か。いったい、兄は死の直前まで何について調べていたのだろう。

ジャーナリストとして、社会悪を暴くことが己の使命だと考えているような人間だった。その気持ちは理解できる。修司も同じ思いがあって警察官の道を志した。兄と弟がそれぞれの道で社会においての正義を考え、行動してきたと思う。両親は大切な息子たちが命の危険に晒《さら》されることに不安を感じていただろうが、それぞれの道を進むことを止めたり否定したりすることはなかった。ただ、黙って案じてくれていただけだ。

修司はまずは兄が家でメインに使っていたデスクトップのパソコンを立ち上げた。パスワードは知っている。兄の死のあとにも何度かこのパソコンを調べたことがあって、彼が常に持ち歩いていた手帳の片隅に記入されているのを見つけていたから。

他にもノートパソコンと予備のパソコンも同じパスワードで立ち上げて、各ファイルやフォルダを根気よく調べていったが目新しい発見はない。朝一からやってきて昼過ぎまで作業を続けたが、やがて疲れで大きく伸びをした。

義姉の入院が長引きそうなので、家に食品のストックはない。勝手にキッチンを使うのも悪いので、近くのコンビニにでも行って飲み物と昼食を買ってこようと思い席を立ったとき玄関のインターホンが鳴った。

家族の誰かが訪ねてきたのだろうか。だったら合鍵を持っているはずだ。あるいは、配達か新聞の集金かもしれない。階下に下りて玄関のスコープで外を確認してハッと息を呑む。

そこに立っているのは家族でも業者でもない。警視庁の紀美原だった。

「なんの用だ?」

玄関ドアを開けた修司が素っ気ない態度で聞いたのは、あまり会いたい相手ではなかったから。そんな気持ちを察しているのか、紀美原もやや遠慮気味に会釈をした。ただし、その表情と口調には相変わらず不遜《ふそん》なものがあった。

「先日はどうも……」

そう言いながら、紀美原は家の中へと視線を投げかけている。入ってもいいかという問いかけだ。昼食を買いに行こうと思っていたが仕方がない。修司は玄関ドアから身を引いて、彼を家の中へと招き入れた。自分の家ではない。兄の家であり、義姉の家だ。だが、そのどちらもがこの場にいなくて、修司が紀美原を迎えているというのはなんだか奇妙な感覚だった。

「鑑識から報告を聞いているんだろう。今頃現場に戻ってくるのはどういうことだ?」

それどころか、彼は事件が起こった直後にこの場にいたのだ。現場は充分すぎるくらい自分の目で調べたはずだ。

「そういうあなたもこうして戻っているじゃないですか?」

警察がきちんと動いてくれないから、自分がこうして兄の不審死からひっくり返して調べなければならないのだ。そう言ってやりたいところだが、もちろん言っても無駄だとわかっている。ただ、修司としては警察に何を探られても困りはしないが、調べものの邪魔をされたくはないし口出しもしてほしくないだけだ。

家の中に入ってきた紀美原は初夏の日差しの下を歩いてきたはずなのに、ネクタイも緩めず涼しげな様子だ。スーツは落ち着いたネイビーカラーのもので、シャツはこの季節に相応《ふさわ》しいミント色だがピンホールカラーが彼の几帳面そうな性格を表しているようだった。

そして、今日も微かに漂うのは柑橘系のコロン。彼が街中を歩いていて刑事だと気づく人間はまずいないだろう。もと警察官の修司でさえ、彼と街中ですれ違えばそうだとは気づかないかもしれない。それくらい、彼は刑事としてはその外見が異質だ。

「少し気になっていることがありまして、家の鍵をお借りしようと思って大上さんの実家に連絡したら、今日はあなたがきていると聞いたのでね」

家を調べるついでに修司にも事情を聞ける。一石二鳥と考えたのだろう。

「手ぶらではどうかと思いましてね。お昼はどうされますか？」

そう言いながら、紀美原は片手に持っていた茶色の紙袋を差し出してくる。アルファベットが並んだ洒落《しゃれ》た紙袋は駅前の手作りハンバーガーショップのものだ。この界隈《かいわい》では有名な店で、修司もコンビニで美味《おい》しくもない弁当を買うくらいならその店まで足をのばそうかと思っていた。紙袋を受け取って中を見ると、二人分のハンバーガーとフレンチフライ、それにアイスコーヒーが入っていた。どうやら彼と一緒にこの家で昼食を取ることになるようだ。

「気が利くと言いたいところだが、昼飯の最中まで事情聴取されるのは勘弁してもらいたいな」

「ご心配なく。これは先日のお詫びということで……」

紀美原の言葉に、リビングへ案内していた修司が一瞬立ち止まって振り返る。彼の顔を見ればさほど悪びれた様子もないが、だからといって嘘や冗談を言っているわけでもないとわかる。

彼が詫びているのは、修司が義姉に対する下世話な欲望から犯行に及んだと疑いをかけた件だ。要するに、彼はそういう人間なのだろう。ある意味、生粋の刑事なのかもしれない。捜査に必要なら相手を傷つけることも言うし、顰蹙《ひんしゅく》を買うことも厭《いと》わない。真実を得るためならば、自分がどう思われようと気にもしない。ただ、それで今後の捜査に支障をきたすと思ったときは早急にそれなりの処置をする。

「その件については刑事というより人間として、君を信頼することにいくばくかの疑問を感じていた」

それは修司にとっては正直な感想だったが、紀美原は苦笑を漏らす。

「かなり遠回しな表現ですね。はっきり言ってもらって結構ですよ。『この下衆野郎が』ってね。そう吐き捨てられるのは慣れていますので」

モデルのような容貌で彼は表情一つ変えずに言った。本気で言っていることはその目を見ればわかり、これまで彼という男に抱いていた不信感がいくばくか薄れていく感じはあった。自分を取り繕わない人間ならば少しは信じてもいいと思える。

「そんな呼ばれ方に慣れるというのもどうかと思うが、刑事がそういう仕事だということは人よりはわかっているつもりだ」

そう言いながらリビングのソファをすすめると、紀美原は微かな笑みを浮かべてそこに腰を下ろした。向き合った二人は、それぞれ紙袋から出したハンバーガーやポテトを黙々と食べる。その間に修司はあらためて紀美原という男を観察してみた。紀美原は観察されている自分を意識しながら、それでも何を言うでもなく食事をしている。

すかしているわけでもない。ありのままの姿でハンバーガーを頬張《ほおば》っている。口元についたケチャップを指先で拭《ぬぐ》う様は、まるで古いアメリカ映画の女優のようだった。性別さえ忘れさせる彼を目の前にして、修司のほうが心地悪くなってきた。つまり、妙に意識してしまうという意味だ。そこで、気まずい沈黙を破るように紀美原に問いかける。

「今日は何が目的でこの家に？」

「気になっていることがあって、それを確認しようと思いましてね」

修司の兄の死について知っていれば、これが一筋縄ではいかない事件だと考えるのは当然だ。もつれた謎《なぞ》の糸を解《ほど》くためには、とにかく何度も現場に足を運ぶしか術《すべ》はない。修司がそう思ってこの場に戻ってきたように、刑事である紀美原もきっと同じ考えなのだろう。

「先日の詫びというなら、俺はもう容疑者のリストから外れたということか?」

修司も頬張っていたハンバーガーを飲み下してから、少し氷の溶けてきたコーヒーを一口飲んで確認した。今日は事情聴取ではないというので、修司の口調もいくぶんくだけていた。

「さて、それはどうでしょうか」

紀美原がすっ惚《とぼ》けた返事をするので、修司はやれやれとばかり頭を小さく振った。けれど、同時に苦笑も漏れていた。口ではそう言っているが、紀美原はもう修司を疑っているわけではないと思う。そもそも、修司を犯人と確定するには無理があったのだ。それでも、可能性の一つとしてそれを排除するわけにはいかなかったということだろう。

「ただし、真犯人が見つからないかぎり、捜査チームの容疑者リストの中からあなたの名前が完全に消え去ることはないでしょうね」

「そんなことを話してもいいのか?」

捜査状況を外部に漏らさないのは鉄則だと思うが、彼は涼しい顔で少しばかり肩を竦めてみせる。

「あなたも元は警察官だ。それくらいわかっているでしょうからね」

もちろん、わかっている。紀美原個人の疑いが晴れたとしても、それは自分自身の完全な解放ではない。なにより、義姉を殺害しようとした犯人を見つけ出し捕らえて、法の裁きのもとに引きずり出さなければ家族の気持ちが晴れることはない。そして、それはこの一年の間、心のわだかまりとなってきた兄の不審死に繋がっていることなのだ。

「義姉の事件はきっと兄の事故に関係している。あの日、犯人は兄の書斎で何かを探していたんだ。それは兄が生前に追っていた事件にかかわる何かだろう」

「お兄さんは事件捜査や社会問題について、高く評価されたジャーナリストだったようですね。兄弟して優秀だったということで、ご両親はさぞかし自慢だったんでしょう」

「だが、俺は負傷して後遺症を持ったままSATを辞めて、兄は若くして死んだ。自慢の息子も、今となってはただの親不孝な兄弟だ。それればかりか、俺は現在義姉の事件について自分の古巣に疑われている。万一冤罪でも被ろうものなら、親に対してあまりにも申し訳ない」

修司の言葉を黙って聞いていた紀美原だが、アイスコーヒーを飲んでから淡々とした口調で問う。

「で、お兄さんが追っていた事件について何かわかりましたか?」

修司は昼食を続けながら考えていた。彼にどこまで話せばいいのだろう。自分はまだ疑われていて、情報を引き出そうとしているだけかもしれない。だが、あらためてこの家を調べても何を得たわけではない。兄の不審死は謎のままで、義姉を襲った男に心当たりもない。それらは、隠したところで仕方のないことだった。

「兄が死ぬ直前まで追っていた事件やスキャンダルなどは、当時同僚だった人からも聞いた。けれど、どれ一つとして命を狙われるまでのものはなかった」

あくまでも表向きの話だが、そのせいもあって警察は兄の死を事故と断定した。だが、事故そのものが身内にしてみれば納得がいかない。そもそも酒が苦手で滅多に飲むことのなかった兄が、飲酒して夜の港で車ごと海へ突っ込むなんてことはあり得ない話なのだ。兄を知っている人間なら、誰だってあれが単純な事故などとは思わなかっただろう。

ジャーナリストというものは、上から言われた事件だけを追っているようでは一人前ではない。自分で事件を探し、その真相を暴き突き詰めてこその報道だ。そして、それは往々にしていいニュースではなく、社会の不正にかかわるものなのだ。暴こうとする者がいれば、それを不都合に思い阻止しようとする者がいる。利害が大きければ大きいほどどちらも真剣で、命までかけることになる。兄の場合がまさにそうであったと、修司や周囲の人間は考えている。

「お兄さんの死から一年経っても、探し出して抹殺しなければならないようなものがあるということですよね？　よほどヤバイ事件を追っていたようだ。同僚も知らなかったということは、単独で調べていたということになりますね」

ハンバーガーを食べ終えて茶色の包み紙を丸めた紀美原は、コーヒーの紙コップを手に足を組み直して背もたれに体をあずけた。紀美原は紀美原なりに、あらためて修司の言葉を理解しようとしているようだ。

兄が亡くなってから何度もそれがただの事故ではないと訴えたが、動いてくれない警察への苛立ち。義姉の悲しみと不安定な精神状態。両親の落胆と絶望。そういった複雑な感情を無闇《むやみ》に引っ掻《か》き回してまで個人的な捜査をするのも憚《はばか》られた。まずは義姉が少しでも心の平静を取り戻し、これからの人生を考えられるようにサポートするほうが先決だろうというのが大上の家族が出した結論だった。だが、こうなってみればあのときもっと兄の不審死に関して追及しておけばよかったと後悔が募る。

「あらためて調べているが、パソコンのデータにも怪しげなものはない。ノートも予備のパソコンにもそれらしいファイルはない。正直お手上げだ」

修司が言うと、紀美原は少しばかり芝居じみた動きで自分の右手の人差し指を立ててみせた。

「ちょっと待ってください。あのとき、部屋は荒らされていたが、パソコンには手がつけられていなかったはず……」

その一言でハッとした。ということは、犯人が探していたのはデータなどではない。もっとアナログなものではないのか？　なんらかの証拠になる直筆のメモ、写真、もしくは現物など。修司は手にしていたコーヒーの紙コップをテーブルに置いて立ち上がると、そのまま二階の書斎へと戻る。紀美原も背後についてきて、まるであの日の再現のようだった。

書斎に入ると二人は無言でそれぞれ捜索にあたる。一人は現役の刑事で、一人は元警察官だ。捜査の基本はわかっているからかけ合う言葉などいらない。修司はデスクの引き出しの中を調べていく。そこに入っているものだけでなく、引き出しを引き抜いてその裏やデスクの天板の裏に何かが貼られてはいないか、全部撫《な》でるようにして確認していく。

片や紀美原は背後の書棚の本を片っ端から引っ張り出しては開いている。何かが挟まれていないか見ているのだ。他にも書棚の裏からプリンター周辺、さらにはワードローブを開いて、その中の棚という棚まで調べていた。鑑識が一度入って調べているが、見落としの可能性もあるはずだ。

「上、いいですか？」

紀美原が天井裏を指差したので、修司は勝手にやってくれと頷いた。その間に修司は壁を隅々《すみずみ》まで撫でて歪《いびつ》な部分がないか確認していた。

この家の中で何か隠すなら、むしろ書斎ではないのではないか。そんな考えも頭を過ぎる。捜査の基本を学んだとき、犯罪者が証拠品を隠す場所や、そこへ隠す心理状態などについての講義を受けたことがある。見つかってはならないという心理からできるだけ身近に置こうとする者もいれば、同じ心理で自分から遠く離れた場所に隠す場合もある。兄の場合は犯罪者ではないがどちらだろう。

あるいは、義姉を襲った男が探していたものをすでに見つけて逃げた可能性も否めない。だとしたら、いくらこの家を探しても徒労にしかならない。そんな気持ちが入り交じる中捜索を続けていたが、天井裏を調べ終えて椅子から下りた紀美原が脚のキャスターのロックを外しデスクに戻そうとして動きを止めた。

「どうした？」

修司が声をかけると、紀美原はおもむろに椅子を横にして座面の裏側を確認していた。脚の高さ調節のためのレバーがあり、付け根の部分が脚と座面を固定する金具に結合された構造となっている。そこに布のガムテープが貼られている。レバーが壊れかけているのを補修したのかと思ったが、何か不自然な気もした。

紀美原は椅子を完全にひっくり返すと、ガムテープをゆっくりと剝がす。すると、そこにあった小さな窪《くぼ》みの中から丸められたジップロックが出てきて、思わず顔を見合わせた。

「おそらく、犯人はこれを探していたんでしょう」

紀美原がそのビニール袋を摘《つま》んで持ち上げる。見れば、中には青と白の小さなカプセルが二錠入っていた。ただの市販薬ならこんな場所に隠し持っているわけがない。修司も素人ではないから、それが何かはおおよそ想像がついた。おそらく化学的な危険薬物だろう。

「兄はこれに関する事件を追っていたということなのか？」

「これが違法性のある薬物と仮定して、お兄さんが使用していたという可能性もありますがね」

薬物中毒で酒まで呷《あお》って、あげくに車で海に飛び込んだとでも言いたいのだろうか。だが、司法解剖された兄から薬物反応はなかった。ただ多量のアルコールを摂取していただけだ。

もっとも、それにしたって兄が自分の意思で飲んだものではないと思っている。そのことを修司が言おうとしたが、紀美原が片手を上げて言葉を制した。軽く肩を竦めてみせたのは悪い冗談だという意味で、彼の目を見れば本気で兄を疑っているわけではないことはわかった。

「それが何か調べてもらえるか？」

「当然です。薬物らしきものが出てきては、放置しておくわけにもいきませんよ」

「どうやら闇は深そうだな」

溜息交じりの言葉は修司の正直な感想だった。

◆◆

義姉を襲った不審者の目的のものが書斎にあるかもしれないと考えた修司と紀美原だが、果たしてそれは兄のワークデスクの椅子の裏にあった。小さなビニール袋に入ったカプセルについて、検査結果が出るまでには少し時間がかかる。その間に、修司はある人物にコンタクトを取り会うことになっていた。

「やぁ、こっちだ。久しぶりだな」

待ち合わせたのは都内の繁華街の外れにある古い喫茶店で、スーツの上着を脱ぎシャツの袖《そで》をまくった手を振っているのは元木《もとき》という男だ。彼は亡くなった兄の勤めていた雑誌編集部の同僚で、兄にとっては社会人になってからの一番の友人だった。

学生時代は空手で鍛えていたというだけあって、今でもりっぱな体躯《たいく》をしている。短く刈《か》り上げた髪と鷲鼻《わしばな》に鋭い眼光が印象的で、いかつさと押しの強さはあっても少し会話すれば気さくで柔軟性のある人間味が滲《にじ》み出てくる人物だ。兄に誘われて修司も彼と一緒に酒を飲んだことは何度もあるが、酔うたびに元木とは腕相撲をしてどちらが強いかを争ったものだ。

『SATだからって負けないからな。手加減なんかするなよ』

それが彼の口癖だったが、三本勝負は二勝一敗でいつも修司の勝ちだった。そんな気心の知れた元木には、兄の不審死のときにもずいぶんと相談にのってもらった。事故死という結論には納得がいかず、警察にも再調査を何度もかけ合ってくれた。けれど、親友の彼も兄が個人的に調べて追いかけていた案件については、特に思い当たるものがないと言っていた。

あれから一年、動いてくれない警察と自分たちではどうすることもできないジレンマの中、兄の死という重い現実を義姉をはじめとする皆が苦しい思いで受けとめてきたのだ。

「驚きました。元木さんのほうから連絡をいただけるとは……」

彼の前の椅子に腰かけた修司がそう言ったのは他でもない。義姉の件があって、紀美原と怪しげなものを見つけたこの機会に、修司は元木に連絡を取りもう一度兄の死の直前の様子を聞いてみようと思っていたのだ。ところが、まさに修司が彼に連絡を入れようとしたその日に、元木のほうから連絡があった。仕事帰りに待ち合わせたのだが、酒の場を避けたのはまずは現在の状況をきちんと説明しておきたかったからだ。

「彩香さんはどうなんだ？　まだ意識は戻らないのか？」

元木も今回の事件についてはすでに知っていて、まずは彩香の容態を案じてくれた。修司は無言で首を横に振る。彩香は今もまだ植物状態のままだ。それを聞いて、元木は鎮痛な面持ちで言う。

「それにしても、彩香さんまでがこんなことになるなんて、庸一もあの世でさぞかし案じているだろうにな」

「あと少し俺が早く家に着いていれば、あそこまでのことにはなっていなかったと思うと本当に無念です」

「自分を責めるなよ。命だけでも救ったんだ。辞めたとはいえＳＡＴ仕込みの腕がなければ、あるいはおまえも危なかったかもしれないんだろう？」

そう言われるといくばくか救われた気分になったものの、問題が根本的に解決しないかぎり本当の心の平静は得られないとわかっている。

「それで、あらためて元木さんの知恵をお借りできればと思いまして……」

今回の事件について実際現場では何があったかを細かく話して聞かせたところ、黙って聞いていた元木がやがて修司の言葉を引き取った。

「なるほどな。それに関係することだと思われるんだが、実はおまえに連絡を入れたのは他でもない。昨日だが、こいつが俺のところに届いたんだよ」

元木は椅子の背もたれにかけていたスーツのジャケットの内ポケットから、茶色の封筒を取り出してきた。差し出されたそれを受け取ると、元木宛《あて》になっていることを確認して裏返す。そして、差出人を見た修司が思わず息を呑《の》んだ。

「これは兄さんからの手紙ですか？　でも、なぜ今頃になって？」

「預けられたのは約一年前。庸一が亡くなる直前だ。配達時期を指定して預けてあったらしい」

郵便局ではなく民間でそういうサービスを提供している会社があるという。タイムカプセル的なもので、思い出の品や手紙を未来に届けるという夢のあるコンセプトで利用されるサービスのようだが、それを兄は別の理由で利用したようだ。

「おそらく、庸一は編集部にも内密に追っていた事件に関してかなり深入りしていたんだろう。自分の身に危険が迫っていることを認識していたんだと思う」

修司が受け取った封筒の中を開いてみると、そこにはメモリスティックが一つ入っていた。

「何かのデータですか？」

どうりで家のパソコンには何も残っていなかったはずだ。万一のときは必ずパソコンのデータが調べられると考えていたのだろう。だからこそ、重要なものをこういう形で元木に託すことにしたのだ。それも単純な郵便ではなく、一年という期間を置いて届くように手配をしていた。必然なのか偶然なのかはわからないが、それが奇《く》しくも義姉の事件と重なった。

「それで、この中には何が？」

修司の問いかけに、元木は小さく首を横に振った。その意味がわからずに修司が身を乗り出す。

「何かのデータのようだった。漢字の羅列とその横の数字の羅列。何を意味するのかはさっぱりわからん」

「漢字と数字だけですか？」

「正確には漢字と数字にアルファベットの組み合わせだ。何かの法則があっての表記なのか、ランダムなのかもはっきりとしない」

「これ、ちょっとお借りすることはできますか？」

自分の目で調べてみたいと思った修司に、コピーは取ってあるので構わないと元木は快諾してくれた。

「それで、俺に連絡を取ろうとしたってことは、そっちも何かあったんじゃないのか？　もしかして、彩香さんを襲った犯人の目処《めど》でもついたか？」

「お祭しのとおりです。実は……」

本当はまだ話す段階ではないかもしれない。だが、今後も元木には協力を仰がなければならないなら、まずは自分から腹を割るべきだと考えた。それに彼は兄が誰よりも信頼していた人物だ。修司は口外しないでもらいたいと念を押し、兄の書斎から発見したものについて打ち明けた。現在は紀美原という刑事の力を借りて鑑識で調べてもらっていることまで話すと、元木は胸の前で腕を組みこれ以上ないほど難しい顔になる。

「薬物関係か。確かに、その手の噂《うわさ》はあるにはあったが……」

いつの時代も薬物関係はこの国においては最大のスキャンダルの一つだ。関わったことが公になれば、どんな人間も社会的に強烈な制裁を受ける。それだけでも兄が相当危険を伴う案件を追っていたことが想像できた。

元木が言うには、当時から有名人の間での薬物問題はたびたび持ち上がっては消え、消えてはまた話題にのぼるといった状態でそれは現在も変わらないという。芸能人の薬物使用は編集部でも折に触れ探っているし、いつでもスクープを狙って裏取りをしている。だが、兄は編集部にも内密に個人でこの案件を追いかけていたようだ。いったい、どこから兄はその怪しげな事件に首を突っ込むことになったのだろう。

「庸一が死ぬ前に担当していたのは、某都市銀行の不正融資の件だった。融資審査を子飼いの信販会社に丸投げして、反社会的組織に多額の融資をしていた例の件で記事をまとめていて発表する直前だった」

だが、兄の死によって記事は宙に浮いた形になり、数ヶ月後に他の週刊誌でそれがすっぱ抜かれて世間を騒がせることとなった。

「あれに関しては庸一も無念だったと思うが、あのときはうちの編集部も動ける状態じゃなかったからなぁ」

ちょうど危険ドラッグ使用による交通犯罪が多発している時期で、そちらの取り締まりに関する特集記事を組んでいたため大手銀行の不正融資の記事はお蔵入り状態だったらしい。

「銀行の不正融資ですか……」

修司の呟きに元木の表情もさらに厳しいものとなる。ジャーナリストと元警察官だ。世の中の不正の動きに関しては敏感にならざるを得ないのだ。脳裏の中で諸々のピースを繋げていく。それはまるで巨大なジグソーパズルを組み立てているようなものだった。

(不正融資、反社会的組織、薬物らしきカプセル……)

それらのキーワードを繋げてみれば、一つの構図が浮かび上がってくる。つまり、大手都市銀行が甘い審査で通した融資が反社会的組織に流れ、それが危険ドラッグの輸入に利用された可能性だ。その過程で得た利権や金銭的な利益について探っていけば、そこには果てしなく深い闇が広がっているに違いない。

「不正融資を受けていた組織については暴力団関係というだけで記事では言及されなかったが、庸一が調べていたのはその裏の問題だったのかもしれない」

兄の死後、一ヶ月ほどして他誌がすっぱ抜いた記事により関与した大手銀行の関係者が処分を受け、事件は一応の収束をみせた。要するに、審査の甘さについてのみ責任を問われたという形だ。だが、不正融資された金が麻薬密輸に使われた証拠が出てくれれば、一大スキャンダルとしてかなりの地位や立場のある人間までが巻き込まれることになるだろう。

「そこまで突っ込んだ取材は、さすがに編集部でも許可が下りなかっただろうな。薬が絡む事件にはかなりの圧力を受けるのが常だ。下手《へた》をすれば雑誌一誌など簡単に潰される。庸一が単独で動いていた理由はそのあたりのことかもしれん」

少しずつ兄の追っていたものが見えてきた。だが、まだ多くのことが闇の中にあって、何一つ確証を得たわけでもない。受け取ったメモリスティックを握りながら修司が呟く。

「兄さん……」

もしかして、これで一年前の兄の事件も動きはじめるかもしれない。ぜひそうなってほしいし、そうさせなければならない。それが意識障害のままベッドに横たわる義姉に対して、自分ができる唯一のことなのだ。

「どうだ。このあと何もないのなら、ちょっと一杯やっていくか?」

兄と違って酒好きの元木なので、そういう誘いがあるとは思っていた。修司も元木ほど大トラではないが、そこそこ飲むので昔から酒を酌《く》み交わしてきた仲だ。けれど、今夜はそういう気分でもないし、できればこのメモリスティックのデータの内容を確認したかった。すると、よほど思いつめた表情だったのか、元木が立ち上がって修司の肩に手を置き言う。

「たまには気晴らしも必要だぞ。きっと難しい事件になるだろう。張りつめたままでいたらいくらおまえでも潰れてしまう。それにずいぶんとひどい顔をしている。まるでSATを辞めたばかりの頃のようだ」

「元木さん……」

あの頃の自分は人生の目的を失っていて、心にぽっかりと大きな穴が空いたような心持で時間を過ごしていた。修司の人生において一番苦しくて、辛《つら》い時期だったと思う。新しい仕事も最初の半年はどこか物足りなさを感じていた。もちろん、命がけで対象者を護衛するのだが、SAT時代のように危険に飛び込んでいくことはない。

どこか生温《なまぬる》い現場で自分の能力を持て余していながらも、わずかに引きずる左足のもどかしさ。その狭間《はざま》で悶々《もんもん》とした日々を送っていたが、やがて今の仕事にもやりがいを見出《みいだ》せるようになっていった。たとえば、対象者から直接感謝の言葉を聞かされるということはSATではまずあり得ないことだった。

ところが、第二の人生に馴染《なじ》みはじめた頃に兄の不審死が起こったのだ。そして、今度の義姉の事件と、修司の心は落ち着くことが許されないでいる。いつの間にか心の糸は緊張の連続に張りつめたままとなり、弛緩《しかん》することを忘れていた。

この戦いは長くなるかもしれない。そう思えば元木の言うように、ときには自分自身をリラックスさせることが大事になるだろう。久しぶりにしばし何もかも忘れて飲むのもいいだろうか。そう思って修司もその場を立ち上がったときだった。携帯電話の着信音がして、修司は元木に断わって電話に出る。

『紀美原です。例のものですが、鑑識の結果が出ました』

一瞬緩みかけていた修司の緊張がその瞬間に戻った。紀美原は修司さえ時間が許すなら、これから会って説明するという。もちろん、修司もそうしたいと伝えて電話を切った。そして、一足先に店の外に出ていた元木を追うと、急用が入って酒にはつき合えないことを恐縮しながら伝えた。すると、彼は残念そうにしながらも頷いてから、思い出したように手にしていたスーツの上着の内ポケットから一枚の写真を取り出してくる。

「ああ、そうだ。これも渡しておく。そのメモリの中に入っていたものをプリントアウトしたものだ」

「ファイルだけではなかったんですか？」

「画像も入っていて、そのうちの一枚だ。俺には見覚えがない顔だが、庸一が追っていた案件にかかわっている人物の可能性が高い」

そう言われて修司がその写真を見た。映っていたのは背後から肩越しに振り返っている男の姿。修司は今度こそ声を上げた。それは、あの日義姉を襲って逃走した男の小柄で痩せた背中にそっくりだったのだ。

思いがけず長い夜になった。

元木と別れたあと、すぐに紀美原と落ち合った。場所は彼から指定された都心の外資系のホテルのロビーだった。警視庁のほうへ出向くつもりだったが、この件については外部で話したほうがいいだろうという紀美原からの提案だった。

それにしても、待ち合わせの場所までどこかすかしている。普通なら嫌味に思うところだが、もともと刑事らしさのない男なので、むしろこういう場所のほうが周囲にきれいに溶け込んでいる。

「急に呼び出してすみません」

修司より一足先にきていた紀美原が言った。細い筋の通った鼻梁《びりょう》に薄い唇。あまりにも整った目鼻立ちのせいか、どこか無機質な印象を人に与えている。だが、顔の造作のせいだけではないだろう。笑みを浮かべていても、感情を読み取らせない。警戒心の強さは職業柄というだけではないと思う。おそらく紀美原という男は、人としての心のガードがとんでもなく固いのだ。

「早速ですが、鑑識の結果を教えてもらえますか?」

修司が単刀直入に切り出したが、紀美原はこの期《ご》に及んで少しばかり思案の表情を見せる。やはり何かよからぬものであったということだろう。だが、彼の思案は例のものが何であったかということより、結果を修司に対してどこまで話してもいいかという点についてらしい。

「お伝えするつもりでご足労願ったんですが、さすがに元警察官とはいえ現在のあなたは一般人です。こちらも話せることとそうでないことがありますので、それについてはまず了解していただきたい」

「あれは兄の書斎にあったものだ。それを警察に託した。わたしは協力者で、知る権利はあるはずだ」

「以前にも言ったとおり、捜査においてあなたはまだ容疑者の一人です」

声を荒げることはなかったが、修司は拳で軽く自分の膝《ひざ》を叩いて抗議の意思を訴えた。

「まだそんなことを言っているのか。先日、詫びの言葉を聞いたと思ったんだがな」

「任意の事情聴取で協力者の気分を害するようなことを言ったので、個人的にお詫びをしたまでです。ですが、警察関係者としては……」

「まだ疑いの余地を持っていると？　未亡人になった義姉に俺がよこしまな思いを抱《いだ》いたものの、拒絶されたためカッとなって殺害に及んだ。その後、強盗の仕業に見せるために兄の書斎を荒らして現場から逃走しようとした。捜査の手間を惜しんだ手っ取り早い筋書きだ。それで落ち着けば、捜査本部もさっさと解散だな。そして、君は新たな事件に関する捜査本部の手配に回るってことか？」

　こちらの全面協力に対して返ってきたのがこの生温い中途半端な返事かと思うと、これくらいの皮肉も言いたくなる。紀美原もポーカーフェイスを保っているものの、その表情には彼なりの苦悩が微かに滲んでいるのはわかる。だが、それを招いているのは修司ではなくむしろ警察サイドであり、紀美原自身なのだ。

　せっかく元木から新しい情報を仕入れてきたが、これではとても協力をする気にはなれない。やはり警察を頼ることなく単独でこの事件を追うしかないのだろうか。そう思った修司は悔しさと諦《あきら》めの交じった思いで呟いた。

「彼女は義姉であって恋愛対象になるはずもない。それに、そもそも俺はそういうのは無理なんだから……」

　どうせ自分の複雑な性的指向を理解してもらうことなどできないと思っている。もうそのことは若い頃から充分に悩んだし、これ以上どうなるでもないと思っていた。急に投げやりな気持ちになった修司は、これ以上この場にいたくはなくて席を立とうとした。例のカプセルの分析結果は知りたいが、神経の磨《す》り減るような駆け引きはもういい。やらなければならないことは、自分一人でもやってみせる。

　ＳＡＴを除隊してからというもの、どこか魂の抜けたような人生を過ごしてきた。だが、今はにわかに自分の中で強い意思が芽生えてきているのを感じる。兄夫婦を襲ったこの理不尽な事件を解決するために、今の自分があるのではないか。そんな気持ちがふつふつと湧《わ》いてきていた。皮肉なことだが、義姉があんな目に遭うことで眠っていた修司の中の闘争心が目覚めたのかもしれない。

「ちょっと待ってください」

紀美原が呼び止めたが、それを無視して修司は自分の飲んだコーヒーの伝票を手にした。ところが、その手を紀美原の手がつかんできた。思いがけない行動だったので、一瞬足を止めて彼のほうを振り返ってしまった。その瞬間、柄にもなくピクリと体を緊張させたのは、紀美原の整った容貌がすぐ近くにあったから。

「今の言葉、どういう意味ですか？」

「えっ、今のとは？」

「恋愛対象にならないとか、そういうのは無理とか……」

「君には関係ないことだ。どうせ何を話したところで疑ってかかるんだろうからな」

そう言って、紀美原の手を軽く振り払おうとしたが、より強く握られて修司が怪訝な表情になって彼を見つめる。

「いいえ、そうでもない。そして、わたしはそれを確かめたい」

どういう意味だと問い返す前に、紀美原は修司の手を離して小さく顎《あご》を持ち上げた。一緒にこいという合図だった。このまま帰ってしまってもいいのだが、どうしたものかと思案する。だが、紀美原がチラリとこちらに振り返る姿を見てさっき以上の動揺を覚えた。

なぜか憂いを帯びた表情で、繊細な線でかたどった横顔にはなんとも抗《あらが》いがたい魅力があった。そのとき、修司は初めて紀美原を男として意識した。もちろん、彼が美しい男だということは認めていたし、彼と顔を合わせるたびにまずはそのことに感心していたのも事実だ。だが、彼は修司にとって「男」である前に「刑事」だった。

（どうするつもりだ……？）

紀美原が促すままについていくと、彼はロビーのカウンターでなぜかチェックインをしてカードキーを片手に戻ってきた。そして、今度は修司をエレベーターへと誘い二人で乗り込んだ。

「どういうことだ？　部屋で話そうということか？　鑑識の結果ならもういい。ヤバイものだということだけわかれば充分だ。それに、俺自身についてなら君にそこまでプライベートな話をするつもりはない」

「そちらはそのつもりがなくても、こちらの考えが変わりました。確かめてみたくなった。話はそれからでも遅くはない」

「確かめる？　なんのことだ？」

修司の何気なく呟いた言葉はあまりにも曖昧《あいまい》で、その意味を他人がわかるはずもない。そう思っていたから、修司には彼の態度や言葉がどうにも腑《ふ》に落ちない。ところが、部屋に入ってドアを閉めると、紀美原はいきなり振り返り背後にいた修司の胸元に手を当て、声を出す間もない素早さで身を寄せてきた。

「な、なんだ……っ？」

「だから、確かめたいんですよ。あなた、もしかしてそうなんですか？　でも、それはおかしい」

そう言いながら修司の頬に手を伸ばして撫でると、さらに顔を近づけてきて今にもキスをしそうになっていた。

「ちょ、ちょっと待ってくれ。これはどういうことだ。意味がわからない」

「やっぱり違うんですか？　けれど、さっき言いましたよね。そういうのは無理だと。あれは女性は抱けないという意味じゃないんですか？」

あからさまにギクッとした修司が体を引いた。部屋の入り口の狭い廊下にいたため、すぐに背中が壁についた。これ以上下がれない場所で修司は呆然《ぼうぜん》と紀美原を見つめる。

「わからないな。最初に会ったときからずっと疑ってはいたんだ。けれど、なぜかそういう匂いがしなかった。だから、被害者との特別な関係もあり得るのかと考えてしまった。でも、やっぱり違うのか？　あなたは本当はどっちの人間なんだ？」

「どっちというのは……」

そのときになって、ようやくこの美しい男もまたそうであることに気がついたのだ。彼もまた女性を性的な対象として考えない男だということだ。あまりに疎いと言われればそうかもしれない。だが、修司にはあくまでも自分が異質で特殊なのだという思いがあった。身の周りの誰かが自分と同じだと考えることはしなかったし、まして紀美原が女性のように美しいからといって、単純にそうだとは考え至らなかったのだ。

「き、君はそうなのか？」

人に性的な指向を確認したのは初めてだ。職務に就く際に必要があって情報としてたずねたり、聞かされたりすることはあっても、プライベートではそういう会話からは意図的に距離を置いていた。すると、紀美原は自分のスーツのジャケットを脱いで皺《しわ》になるのも気にせず床に落とす。一度は身を引いた修司を壁に追いつめ、躊躇《ちゅうちょ》なく自らの体を寄せてきた。

「わたしのことよりどっちなんです？　男は抱けるんですか？　それとも、もしかして抱かれるほうとか？」

「い、いや、それは……」

自分の意識としては、抱かれるというのは考えたことがない。ただ、同性の肉体に触れたいという気持ちの先には、肌と肌を密着させたという欲望があるのは事実だ。

「わたしはどちらでもいいんですが、どちらかといえば抱かれるほうがいい」

囁《ささや》くような声で言いながら、両手で修司の頰《ほお》を挟んで唇を重ねてこようとする。それは心臓が一瞬きつく締め上げられるほどの衝撃で、修司は思わず目を閉じてしまった。ＳＡＴで鍛え上げた体とどんな状況でも怖気《おじけ》づくことのない精神力を自負していたはずなのに、今の自分はまるで猫に睨まれたネズミのようだった。

「さぁ、わたしの勘違いなら突き飛ばしてください。それだけで納得するのには充分です」

目の前の現実から逃れるように目を閉じたが、視界がなくなり紀美原の毒を含んだような甘い声が耳に響いてくるとなおさら不安がかき立てられる。いったい、自分の身に何が起こっているのだろうという疑問とともに、このままでは駄目だと忠告する心の声が聞こえる。けれど、紀美原の言うように彼を突き飛ばすことができない。

そうして固まっていると、何か濡《ぬ》れた温かいものが自分の唇に触れたのがわかった。ハッとして目を開くと、紀美原が顔を持ち上げて赤い唇を開き、差し出した舌先で修司の唇を嘗《な》めていた。その瞬間、修司の中で御《ぎょ》しがたい欲情が突き上げてきた。例の柑橘系のコロンの香りがその欲情をさらに煽《あお》り、衝撃的な動きをしてしまう。

自らの手で紀美原の体を抱き寄せて、薄い唇に自分の唇を重ねる。吐息が交じり合うとともに、彼の手が修司の二の腕をつかみ、股間《こかん》が大腿部《だいたい》に押しつけられてくる。舌が絡み合い濡れた音が響くほどに、もう歯止めなどききようもないほど興奮していた。

これは何かの間違いではないだろうか。紀美原の温《ぬく》もりと感触をしっかりと感じながら、修司はまだ信じられないような気持ちでいた。けれど、もはや自分の中で目覚めた欲望を止めることはできそうになかった。

◆◆

「ああ……っ。んんぁ、そこ……っ」

ベッドの上で紀美原は、その顔と同じように白くすべらかな裸体を惜しげもなく晒している。漏らす声はたまらなく淫靡《いんび》に響き、修司の体はこれまでに経験したことがないくらいの高ぶりを感じていた。

「本当に初めて？　信じられないな。あなた、なかなかいい……」

修司の愛撫《あいぶ》に身悶《みもだ》えながら、薄く赤い唇が微かな笑みに緩んでいる。今自分が抱いているのは刑事ではなく一人の男だ。こんなにも魅惑的な存在があるのだろうかと、彼の体のどこに触れても驚きの溜息が漏れそうになる。そして、これまで自分が求めていたものが何か、この瞬間にはっきりとわかったような気がした。

「んぁ……っ。そう、それがいい……っ」

完全に高ぶっている紀美原のものは、修司と同じ形でいて同じでない。太くはないが、修司の手におさまりがよく整った形をしていると思う。また、色素は薄いほうだろう。それでも、肌が白いのでそこだけはやや深い色味をしている。

顔が整っている男はここも整っているのかと、くだらないことに苦笑が漏れそうになった。だが、実際はそんな余裕もない。歯止めが切れてしまった今、修司は紀美原の肉体を貪《むさぼ》ることに夢中だった。完全に張りつめている互いのものをこのままで終らせたくはない。経験はないが、この先の行為があることは知っている。何より本能がそれを欲していた。

「あの……」

その行為まで許されるものかどうか、修司は戸惑いとともに紀美原に問いかけようとした。だが、彼はなんの躊躇《ちゅうちょ》もなかった。はっきりと彼は抱かれるのがいいと言った。その言葉どおり、修司の手を握るとそっと体の後ろの部分へと導いていく。

「ここを使いたいでしょう？　女性と同じですよ。ただし、かなりきついとは思いますけどね」

誘うようであり、どこか得意気な言葉にも聞こえた。彼は同性とセックスすることに微塵《みじん》の迷いも後ろめたさもないようだ。修司が長い間戸惑い続けていたことを、精神的に超越している。むしろそういう自分であることに満足していて、そうであることを楽しんでいるかのようだった。

「慣らしておきましょうか。それとも、あなたがやってみます？」

「俺がやる」

修司は潤滑剤代わりにと、紀美原がバスルームから持ってきたボディクリームを手に取った。後ろの窄《すぼ》まりは彼の言うようにかなりきつい。挿入に不安を覚えたのは、紀美原の体を傷つけてしまわないかと案じたからだ。だが、指でまさぐってみれば彼のそこはとても柔軟だった。恐る恐る差し込んだ指を簡単に呑み込み、中へいくほどに独特の弾力を感じる。指を増やせば最初はきつくても、すぐに馴染んでくるのがわかる。

「うう……ぁ。上のあたりに触って。そこが感じる……」

女性と違うのは体ばかりではない。ほしいものを正直に口にする。修司がこれまで抱いた女性はけっして多くはないが、彼女たちにはそんな大胆さはなかった。恥じらいの奥には解放されたいと願っている淫《みだ》らさがあったと思うが、修司にはそれを解き放ってやれるだけの情熱がなかった。

（きっと愛情も足りなかった……）

紀美原の体を抱きながら、自分の過去を振り返り後悔とも反省ともつかない思いが心を過ぎった。けれど、この体は違う。彼が自らを解放し、はっきりと欲情をぶつけてくる。そのストレートな欲望に、修司の中で押さえ込んできたものが一気に湧き上がってくるようだった。

コンドームは紀美原が持っていた。どうしてこんなものをと思ったが、たずねるのも野暮《やぼ》な話だ。修司はすぐにそれを勃起《ぼっき》した自分自身につけて、指で解《ほぐ》したばかりの窄まりにあてがおうとした。そのとき、ベッドにうつ伏せになっていた紀美原が顔だけで振り返って小首を傾《かし》げるような仕草を見せた。

「後ろからもいいけれど、どうせならあなたの顔を見たいな。その顔はけっこう好みなんだ」

「えっ、この顔がか？」

思いがけないことを言われた修司が、挿入しようとした体勢のまま動きを止めた。紀美原は体を返してこちらを向くと、この部屋に入ってきてまずそうしたように修司の頬に触れてくる。彼の手のひらはこんなときでもひんやりと冷たい。

「日本人にしては彫りが深い。奥二重の目は出しゃばらないが、意思が強そうな印象だ。全体的に思慮深そうだけど、厚い唇はなかなか官能的でいやらしい」

堅物の印象は自覚している。話せば穏やかな性格だとわかるが、同時に頑固さも見えてくると過去につき合った女性たちは言っていた。だが、唇について官能的でいやらしいという言葉は聞いたことがなかった。

「その頑固さもいやらしげな唇もあなたそのものだ」

笑みを浮かべながらそう言ったかと思うと、紀美原は修司の腕を引いてベッドヘッドに背中をあずける格好で座るように促した。修司は逆らわずそのポジションに行くと、紀美原が腰に跨《またが》ってくる。

「これでお互いの顔が見える。あなたのいくときの顔が見たい」

言われてみて納得した。修司もこの美しい男が達する瞬間の顔が見たかった。紀美原は修司の勃起したものの上に自らの窄まりをあてがう。修司は片手で自分自身をつかみ、片手では紀美原の腰を支える。彼は両手を修司の肩にかけ、美貌に淫靡さを漂わせながら長い吐息とともにゆっくりと腰を沈めてくる。

「うう……っ」

声を漏らしたのは修司のほうだった。その圧迫感はかなりのものがあった。力強くて熱い。これまでのセックスで経験したことのない感覚だった。当然のように受け入れている紀美原も相当の負担があるはずだ。それでも、彼は笑みを浮かべたまま赤い舌で自らの唇を嘗めている。

彼のほうこそ、官能的という言葉がそのまま当てはまる姿だった。下半身で感じている強烈な快感と、視覚的に迫ってくる扇情的な姿に、修司は我を忘れそうになる。気がつけば、もっと深いところでこの男を感じたいと思っている。もはや自分自身に手を添えている必要もなくなり、修司は紀美原の腰に両手をあてがいさらに深いところまで彼の内部を探ろうとした。

「うぁ……っ。くぅっ」

紀美原が低い呻《うめ》き声を漏らし、ハッとして自分の手の動きを止める。

「す、すまない。苦しかったか?」

修司が慌てて詫びると、紀美原は俯《うつむ》いた拍子に落ちてきた前髪を振り払うように顔を持ち上げて微笑《ほほえ》む。

「これくらい平気。最後までやって。もっと奥まできて……っ」

目尻《めじり》が潤《うる》んでいるのに言葉は強い。淫らでいてどこか無機質な美貌は崩れない。そのアンバランスさがいまさらのように修司の心を妖《あや》しくかき乱す。

「ああ……んぁ……っ。あっ、あっん……っ」

体が上下するたびに紀美原が声を上げる。その声がじょじょに激しくなり、呼吸が荒くなり、ときおりもどかしげに自分の胸を修司の肩に擦《こす》りつけるようにしてくる。チラリとそちらに視線をやると、彼の胸の突起が尖《とが》っていてそこに刺激がほしいのだとわかった。

修司は彼の腰から片手を外して、その手で紀美原の胸に触れてみた。途端にピクリと白い体が跳ねたかと思うと、これまでにない甘い声が漏れた。そこが感じるのだとわかって丁寧に愛撫すると、彼の腰は自分から上下に動きさらなる快感を貪ろうとしていた。

「ああ、いい……っ」

修司もまた自然と言葉がこぼれて、やがて突き上げてくるものをこらえきれなくなる。けれど、紀美原を置いていくわけにもいかない。さすがにそこには意地も見栄もあったし、彼にも満足してもらいたいという素直な気持ちがあった。

だが、こらえるまでもなく紀美原もまたそのときを迎えようとしていた。ぶるっと小さく体を震わせたかと思うと、両手で修司の首筋にしっかりと抱きついてくる。強くしがみついてきた体を抱き締めると、すぐに彼自身の先端から白濁が溢れ出すのがコンドーム越しにもわかった。修司もまたそれを合図に自分自身を解放して、紀美原の中で果てる。

絶頂を越えて弛緩した体がもたれかかってくる。それを受けとめて、ゆっくりと紀美原をベッドに寝かせてやった。そのそばで修司も天井を仰ぎながら横になりまだ荒い息を整えていると、彼の手がそっと胸元に伸びてきた。

「たくましい男はいい。抱き合ったあとに受けとめてもらうのが好きなんだ」

情事のあとの気だるく甘い声でそんなことを言う。抱き合ったあとにそれくらいは当然だと思っていたが、男同士だとそうでもないのだろうか。他にも男同士にかぎったマナーのようなものがあるのかもしれないが、修司はそういうことについて何も知らない。

「男は抱いたことがないのでよくわからないんだが、その……」

「どうして抱かなかったんですか?」

紀美原は落ちてくる前髪をそっと耳にかけて、とても根本的なことを当たり前のようにたずねる。一言で答えるにはあまりにも複雑なのだが、初めて体を重ねた同性である彼には何か伝わるかもしれないと思った。

「そういうことをしようとは思わなかった。ずっと普通に恋愛をして、結婚して家庭を持ちたいと思っていたんだ。そう、兄と義姉さんのように……」

「女性に性的な欲望がないとわかっていたくせに？」

「愛する人を見つけたら変われると思った。でも、無理だった」

修司の言葉に紀美原は肘《ひじ》をついて体を起こしたかと思うと、こちらを見下ろし哀《あわ》れみとともに微笑む。彼を抱く前なら哀れまれることはないと思っただろう。だが、今はそれも仕方がないと思う。紀美原を抱いて、変わろうとしていた自分があらためて虚《むな》しくなった。すべては無駄な努力で、つき合った女性たちにも申し訳ないことをしたということだ。

修司が黙っていると、紀美原は少しばかりからかう口調になって言う。

「それでも、女性にもてたでしょう？　その体にその顔だ」

「いや、あまり顔を褒められたことはないが……」

鍛え上げた体だけはどの女性にも気に入られていたと思う。だが、そんなことを自分の口から言うのは憚《はばか》られる。紀美原はそんな修司の気持ちなどどうでもいいのか、男性にしては細い指を伸ばしてくる。その指先で修司の唇をそっと撫でて小さな吐息を漏らす。

「でも、もういい。あなたがそうだということは、少なくとも被害者への感情のもつれだけはなかったと確信できたから」

「職業柄とはいえ、どこまでも疑ぐり深い」

半ば呆《あき》れながらも、苦笑が漏れた。だが、修司が警察官の立場でも、第一発見者をそう簡単には容疑者リストから外さないだろう。冷静になれば理解できるが、いざ自分が冤罪を被るかと思えば感情的にもなる。ところが、このとき紀美原はなぜか彼らしくもない少し悪戯《いたずら》っぽい笑みを浮かべてみせた。

「捜査本部が疑っているだけで、わたしは納得していると言ったじゃないですか」

いまさらそう言われても、いささか腑に落ちない気分だ。ただ、欲望に正直になるということを身をもって教えられたばかりなので、あまり強気に出ることもできない。そんな修司を見つめながら、紀美原が言葉を続ける。

「先日、被害者宅に行ったときにちゃんと確認できましたから」

「どういうことだ？」

紀美原が兄の家に突然やってきたとき、気になっていることを確認しにきたと言っていた。あのときは犯人が兄の書斎を荒らしてまで探していたものが何か確認にきたのだと思っていた。それであのカプセルを見つけたのだが、それ以外にも何かあったというのだろうか。

「先日あの家に行った目的の一つは、あなたの言葉を検証するためです。あなたが嘘を言っていないなら、逃走した男をなぜわたしが目撃していなかったのか。それが疑問だったんですよ」

それは修司も不思議に思っていて、紀美原のほうが嘘を言っているのかとさえ疑っていた。するど、彼は小さく肩を竦めてみせた。

「あなたとぶつかった角の周辺をもう一度見て回わってわかったんです。単純なことでした。

あそこの角の家はさざんかの垣根で囲われていました。この季節ですから花は咲いていませんが、緑はかなり生い茂っていた。その下のあたりにちょうど人一人が潜り込めるくらいの隙間《すきま》が開いていていました」

「じゃ、あのときあの男は……」

「小柄な男だと言っていましたね。角を曲がる直前に、垣根のわずかな裂け目から体を潜り込ませたんでしょう。身のこなしが素早い者なら可能だ。その直後あなたは家から飛び出してきて、角でわたしとぶつかったということになる」

「では、君はわたしが犯人でなくて、確かに不審者がいたことも信じてくれるのか？」

「少なくとも捜査本部の中で、わたしだけは信じていますよ」

そうは言っても紀美原が刑事であるかぎり、犯罪が解決しなければ完璧に疑いを拭い去ることはできないのだろう。ただし、彼は一つの情報を修司に提示してくれた。

「あのカプセルは想像どおりの合成麻薬でした。いわゆる危険ドラッグの括《くく》りに入るものです。新種の化学配合薬で、まだ日本には出回っていない。おそらくサンプルとして入ってきたものの一つではないかと思われます」

「サンプルとして？」

その言葉で修司は体を起こした。まだ隣で横たわる紀美原を見下ろして目を見開いていると、彼もまたゆっくりと体を起こしながら頷いた。

「どうやらお兄さんは、追っている事件の情報を集めているうちに相当ヤバイものをつかんでしまったようですね」

紀美原の言葉に、修司はついさっきまで元木と会って話していた内容を脳裏で反芻《はんすう》していた。パズルが一つ一つはまっていく。昔から兄は物事を理論立てて考えるタイプで、修司は直感で動くほうだった。単純に考えるよりも体を動かすほうが好きということもあった。

それでもSAT時代には徹底的に状況分析術を学んだ。手に入れた情報と現状証拠をつき合わせて、その状況に最も相応しい解決方法を導き出す。それがときには説得であり、ときには突入、強行突破ということになる。

兄が追っていたのは大手銀行の不正融資の件。不正融資された金はいわゆるサラ金を介して反社会的組織に流れ、その金が犯罪に利用された可能性が高い。いわゆる暴力団組織がかかわる犯罪は様々だが、そこで兄の隠し持っていたサンプルに繋がってくる。そこまでは元木との話でもおおよそ想像がついた。

不正融資の金が新種の麻薬の売買に利用されていたと仮定して、銀行側がどこまでその事実を把握していたかが新たな問題になる。銀行が直接関与はしていなくても、銀行が審査を丸投げしていたサラ金業者ならその事実を把握している可能性は高い。

（それで、問題になるのはなんだ……？）

修司はベッドの上で微動だにせずこれまで集めた情報を分析していた。片膝を立ててそこに肘をかけたまま固まっていたが、頭の中は懸命に考えている。兄が内密に時間差で受け取るよう元木に送ったデータ。漢字とアルファベットの羅列と暗号めいた数字。そのときハッと脳裏に浮かんだのはあまりにもきな臭いことだった。だが、あり得る話だ。

サラ金業者との癒着で一番問題視される存在は、実は政治家なのだ。サラ金法の改正にあたり一部の政治家の間で持ち上がった贈収賄問題は、過去にもたびたび大きく取り沙汰《ざた》されてきた。

兄はその大手銀行の不正資金融資を追っていて、さらに深い闇を探り当てた。あのサンプルがこれから日本に大量に密輸されてくる麻薬だとして、そのための資金援助をしたサラ金と癒着した政治家がいたとしたら、それはとんでもないスキャンダルになる。当然ながら政治家生命も絶たれかねない問題だ。

元木のもとに送られてきたデータがそれらのサラ金や政治家のリストだとすれば、兄が命を狙われた理由も説明がつく。修司がそこまで情報を整理したところで、横にいた紀美原が裸のままベッドを下りていく。

「そのサンプルの件だが……」

修司がたった今自分の頭の中で構築した推察を紀美原に伝えようとしたら、彼は近くの椅子の背もたれにかけておいた白いローブを手にしてバスルームへ向かいながら言う。

「あなたの持っているカードは、シャワーのあとに食事でもしながら見せてもらうことにしますよ」
彼の美しい顔はすでに刑事のものに変貌していた。

思いがけない情事のあと、修司は自分の持っているカードを紀美原にすべて見せた。メモリスティックのデータのコピーも渡すことに同意したが、オリジナルは修司が保持して分析するつもりだ。

元木から受け取った男の写真はそのまま紀美原に渡しておいた。メモリスティックの中にも画像データがあるので問題はない。修司が見たかぎり写真の男はほぼ間違いなく兄の書斎を荒らし、義姉を襲った人物だ。警察であの男を特定してもらえれば、この事件の解決の大きな手がかりになるだろう。

紀美原からの報告を待つ間、修司は元木からもらったデータの分析と同時に、兄の書斎にあった書類などを逐一確認していった。一年前には関係ないだろうと弾《はじ》いた書類やデータにもあらためて目を通していった。通常の勤務の合間の作業なので時間はかかったが、今もなお病院で意識を取り戻さない義姉のことを思えば、自分の睡眠時間を削《けず》ることくらいなんでもなかった。

あらためて見直している書類の中に生前の兄の取材日記が含まれていた。今の時代には珍しく、大学ノートを使って書き込まれていて、以前にパラパラと目を通して読んだときは、どちらかといえば個人の日記のような印象だった。

たとえば、義姉との間に子どもができないことを自分のせいではないかと悩んでいるような内容だ。なので、あのときは事件には関係ないものとして詳しく調べることはしなかった。兄弟とはいえ、あまりプライベートな内容について踏み込むのは亡くなった兄に申し訳ないという気持ちもあった。

ところが、よくよく目を通してみると、プライベートな内容の合間にまったく関係のない書き込みがあるのを発見した。それも記者ならではの多くの隠語が含まれた文章だ。警察と記者の間で使われる隠語は被っているものが多い。なので、修司にはその内容がおおよそ解読できる。ただ、意図的に兄が自分にしかわからないように暗号化しているらしい部分だけはお手上げだった。

そんな文章の中でたびたび出てくる文字が目についた。「前嶋《まえじま》」という文字は、文章の前後の内容からして個人名だと思われた。

前嶋を見た場所や時間や一緒にいたと思われる人物に関する走り書きもあった。いったい「前嶋」とはどういう人物なのだろうか。その性別さえわからない人物が、兄の追っていた事件に深くかかわっているのではないかという確信がふつふつと修司の中に湧いてきた。

そして、それが間違っていなかったということを間もなく知った。その情報をくれたのは、もちろん紀美原であった。彼から電話連絡が入ったのは、写真をあずけて三日後のことだった。

『あなたがお兄さんの日記に見つけた前嶋という名前ですが、それはおそらく「前嶋克文《かつふみ》」のことでしょう。あの写真の男に間違いありません』

そうではないかという思いはあったが、あっさりとそれが裏付けられて少々拍子抜けする思いだった。ところが、そんな簡単な話ではないと紀美原が即座に否定したのにはわけがあった。

『問題はこの前嶋という男はすでに死んでいるということです。警察のデータではそうなっています』

「そんな馬鹿な……っ」

それでは自分を襲った男は何者なのだろう。亡くなった前嶋の亡霊というわけではあるまい。

『というわけで、あなたの証言についてはまた不明瞭な点が出てきたということになりますが……』

「本気で言っているのか?」

答えない紀美原と修司の間でしばしの沈黙が流れた。今思い出してみれば不思議な気分なのだが、紀美原という美しい男と体を重ねたのは事実だ。修司にとってはある意味衝撃的な経験だった。そして、自分はノーマルな恋愛はできないと確信した出来事だった。だが、あれはあくまでも修司の疑いを晴らすための証明行為のようなもので、当然ながら互いに特別な感情はない。

ベッドを下りた彼の顔が一瞬にして刑事のものに変わったように、彼は今も刑事として修司と話している。これはあくまでも任意の協力者との情報交換でしかないのだ。

『いずれにしても、前嶋らしき人物が周囲を探っているのは事実ということでしょう。例のサンプルは警察にありますが、データのほうはあなたの手元にもオリジナルがある。くれぐれも身辺に気をつけてください』

このときは紀美原のほうが折れた形で、修司に注意を促して電話を切った。任務の合間の休憩時間だったが、現場に戻るまでにはまだ十分ほどある。今は奇しくも某都市銀行の頭取の警護に当たっている。株主総会までの一週間の任務で、いつもどおり交代要員と交互に二人一組で二十四時間ついていた。

任務中でも食事や休憩など、必要最低限の時間を交代で取ることになっている。その貴重な時間に受けた報告で、まとまりかけた考えがまた混乱してしまった。

紀美原の情報によれば、写真の前嶋という男は都内で事務所を構えている関東銀狼会《かんとうぎんろうかい》井澤《いざわ》組《ぐみ》の構成員だったという。ところが、今から半年前に絶縁状が出ていて組織とは関係のない存在となっていた。その後、奥多摩の山中から身元不明の遺体が見つかり、それが知人によって前嶋だという証言が取れて死亡届けが出されている。

長年組織に所属していた人間が、破門されたのちに遺体で発見される。普通に考えれば組織の報復を受けて殺害されたということで、珍しい話ではない。だが、死んだはずの男が生きていて、義姉の近辺をうろついていたというのも奇妙な話だ。そして、紀美原は最後に修司にも身辺に気をつけるよう言い残した。

（亡霊に襲われるということか……？）

そんな馬鹿な話があるものかと思い、そろそろ交代の時間になるのでスーツのジャケットを着て休憩室を出ようとする。明日の株主総会が無事に終わればこの任務も終了だ。そうしたらまた義姉の見舞いに行こうと思っていた修司だが、その日の任務の移動中に前嶋らしき人物を何度か目の端に捉《とら》えることがあった。

任務を放り出して追うわけにもいかなかったが、あれは本当に前嶋なのだろうかという疑問が残り、警護に集中するのが難しかった。何事もなく総会が終わったのでよかったが、プロとしては反省しなければならない。そして、修司は自分自身に言い聞かせる。亡霊など存在しない。あれは間違いなく生きた人間で、兄夫婦を不幸に突き落とし、家族を苦しめた当事者だ。

闇がどんなに深かろうと恐れてはならない。怯《おび》えれば反対に闇に呑み込まれてしまうからだ。修司はSATにいてそれを何度も経験してきた。相手の力を完全に把握している状態での突入ばかりではない。だが、武器を持った敵に立ち向かうとき、自分自身の怯えは一番の敵となり足枷《あしかせ》となる。狼は獲物がどのような大きさで性質であっても、それぞれに適した狩りをする。そして、そこに怯えはない。修司もまた同じだった。

◆◆

今回の任務の報告書を書き上げて提出したのち、修司は自宅へ戻る途中で義姉の病院へ寄った。もう遅い時間だったので付き添いの家族も帰宅していた。看護師にも間もなく面会時間が終わると言われ、眠っている顔を見ただけで早々に病院をあとにした。

義姉の容態は変わらない。本当に静かに眠っているようで、明日の朝になればにっこり笑って起き上がりそうだった。兄と一緒に幸せに暮らしていた頃の彼女の姿を思い出せば、たまらない気持ちになる。彼女のために自分ができることは何かと考えれば、結局犯人を捕まえる以外にないのだ。そう思ったとき、ふと前回の電話を切る前に聞いた紀美原の言葉が脳裏を過ぎった。

『例のサンプルは警察にありますが、データのほうはあなたの手元にもオリジナルがある。くれぐれも身辺に気をつけてください』

自分の身くらいは自分で守れるが、紀美原の言葉には何か別の含みがあったような気もした。気のせいだろうか。そのことを考えて、駅までの道のりでしばし足を止めた。すると、背後を歩いていた誰かが同じようにピタリと足を止めた気配がした。

（やっぱりか……）

病院を出てすぐ背後についてくる者がいることには気づいていた。考え事をしているふりをして一旦足を止めたのは、それが気のせいではないと確認するためだ。

間違いなく自分を尾行している人間がいる。修司は駅に向かってまた歩き出したが、途中で何度か角を曲がり少しずつ人通りの少ない道へと入っていく。このあたりの土地勘はあまりないが、初めて病院へ行くときに駅前の案内図を見たことがあり、記憶ではすぐ先に高架下の公園があったはず。

時間は七時を過ぎていて、初夏とはいえすでにあたりは暗闇に包まれていた。公園の街灯の明かりだけが滑り台やブランコなどの遊具を照らしている。視線をめぐらせて他に人がいないことを確認してから、修司はフェンスで囲われた公園の中へと入っていく。尾行者をできるだけおびき寄せて、一気に押さえ込もうと思っていた。ところが次の瞬間、予期せぬことが起こった。

「そのまま動くなっ」

その声にハッとして振り返ると、修司の尾行者に誰かが襲いかかっていた。男の背後から首に腕を回して動きを止めようとしているのは、他でもない紀美原だった。羽交い絞めにされている男は、その手に大型のナイフを持っている。おそらくそれで修司の背後から襲いかかるところだったのだろう。

修司はすぐさま男のそばに駆け寄り、ナイフを持っている手を狙って鋭い回し蹴《げ》りを喰《く》らわせた。手首に強い衝撃を受けて男がナイフをその場に落とす。地面のそれをもう一度足で蹴って手の届かない場所に弾き飛ばすと、今度は紀美原が男を地面にねじ伏せる。地面に押しつけられた拍子に男が目深に被《かぶ》っていたキャップが脱げて、その顔を見た修司が一瞬目を見開いた。

「前嶋かっ？」

元木からもらった写真の顔より少し老けてはいたが、間違いなく同じ男だとわかる。そして、背格好もあの日、義姉の家から逃走した男と酷似していた。この男が「前嶋克文」で間違いないだろう。

「うう……っ。クソッ」

呻きを漏らしている前嶋らしき男を紀美原が立たせようとする。

「手錠は？」

修司がたずねると、紀美原が首を横に振る。

「勤務時間外なので持っていません」

私服の刑事は制服の警察官と違い、拳銃《けんじゅう》や警棒などは携帯していない。勤務時間外だと警察手帳くらいしか持っていないのが普通だ。

「応援を呼びます。取り押さえていてもらえますか?」

男を署に連行する警察車両を呼ぶため、紀美原が携帯電話を片手に男の身柄を修司にあずけようとしたときだった。公園のすぐそばの人通りのない道を、向こうから一台の車がやってくるのが見えた。かなりのスピードを出しているのか、ヘッドライトの明かりがものすごい勢いで近づいてくる。

あっという間に公園のすぐそばにきたかと思うと、その車の窓が開いて黒い筒状のものが突き出されるのが見えた。その瞬間、修司と紀美原は顔を見合わせてからすぐさま身を屈《かが》めて走り、遊具の陰に隠れようとした。前嶋はちょうど紀美原の手から修司の手に身柄を渡されるタイミングをうまく利用して、二人の手を乱暴に振り切ると反対方向へと走っていく。

「おい、待てっ、前……っ」

修司の言葉を遮るように拳銃の発射音が立て続けに三発響いて、すぐ近くの地面の土を弾いた。銃弾を避けるように、紀美原と修司は揃ってカラフルな色に塗られたコンクリートマウンテンの後ろに回った。銃が相手ではどうすることもできない。

二人が身を隠している間に、車は公園のすぐそばで急停車した。修司がコンクリートマウンテンに開けられた穴からのぞき見ると、車の後部座席のドアが大きく開かれていて、そこに前嶋が走って飛び乗るところだった。

「しまったっ」

修司が叫んだのと紀美原が飛び出していったのが同時だったが、すべては遅かった。車は再び猛スピードでその場を走り去っていく。追いたくてもどうしようもない。二人は彼らが走り去った道を睨みながらしばし立ち尽くしていた。

「あれは間違いなく前嶋だった」

修司の呟きに紀美原も頷く。

「どうやら亡霊に襲われたようですね」

「奥多摩で見つかった遺体は、本当に『前嶋克文』だったのか?」

「一応そういう結果は出ています。ただし、知人からの証言を得ただけですし、検死においても死因の特定だけでDNA検査をしたわけではない」

日本には体系的検死制度はなく、特別なケースをのぞいては死因の究明目的で行われるのが主であり、その数は欧米よりもはるかに少ない。前嶋と思われた男の遺体も犯罪にかかわった疑いから検死は行われたが、知人の証言から「前嶋克文」とすでに確定されたうえでのことだった。遺体は他人のものであった可能性は充分にあるだろう。

「助けてもらった礼は言うべきかもしれんが、すでに前嶋をマークしていたなら一言伝えてもらいたかった」

あらためて紀美原と向き合って修司が言った。すると、彼は軽く肩を竦めてみせる。

「あなたを尾行していたら、偶然あの男もあなたをつけていると気づいたんですよ」

紀美原の答えにさらなる疑問が生まれる。

「俺を尾行していた理由は？」

「身辺に気をつけるよう言っておいたはずです」

あの男が本物の前嶋として、もはや自分の探しているものは義姉の家から持ち出されたと考えたのだろう。持ち出す可能性のある人間は、あの家にたびたび出入りしていたばかりか、昨今になって兄の元同僚と会い、警察からも度重なる事情聴取を受けている修司しかいない。ならば、今度は直接修司を狙い、薬物のサンプルや情報に関するデータの在《あ》り処《か》を吐かせるしかないと考えるのは当然だった。そして、紀美原はそんな前嶋の行動を予測して、修司に注意を促していたということだ。

「自分の身くらいは自分で守れる。一応素人ではないつもりだが」

「でしょうね。でも、万一のことがあっては困るんですよ。わたしもこれ以上の……」

言いかけた言葉を紀美原が珍しく呑み込んだ。彼の態度は常にどこか冷めた印象がある。そして、言葉にもまた常に迷いがない。頭の中で完全に構築されたものをはっきり言葉にするか、あるいは無言でいるかどちらかだ。にもかかわらず、言葉が続かないのは何か思うところがあるからだろうか。

「それより、以前から疑問に思っていたんだが、君は捜査担当ではないだろう。どうしてこの案件に関してだけは現場に顔を出しているんだ？　上からの許可は得ているのか？」

修司がまだ第一発見者として任意の事情聴取を受けていたときから、彼はその場に立ち合っていた。その後も義姉の家にきて修司と鉢合わせして例のサンプル薬物を発見したばかりか、義姉の家族から聞いた話では病院にも見舞いにいってくれていたようだ。

事件発生時に現場にいたことから、彼が第一発見者の修司の証言を確認する立場にあるのはわかる。しかし、紀美原はあくまでも二係では庶務を担当しているはずだ。こうして現場の捜査に当たっているのはどうしても違和感がある。

「自分のデスクでじっとしているのは退屈なんでね。というのは冗談ですが……」

もちろん冗談だとわかっているが、実はその気持ちはわからないではない。修司もＳＡＴで現場の第一線を退くことになって、魂が抜けたように感じたからだ。

「ただ、わたしには責任があると思っています。たとえ偶然であったとしても、この事件はまんざらわたしに無関係ではないんです。なので、今回は強引に捜査に加わえてもらっているんですよ」

「わからないな。それはどういう意味だ？」

なぜ義姉の事件で紀美原が責任を感じなければならないのだろう。彼は常にポーカーフェイスを崩さないが、このときはわずかに眉間《みけん》に皺を寄せていた。彼はまだ修司が知らない他のカードを持っているということだろうか。

「わたしがあの日、被害者の家に向かったのはけっして偶然ではありません」

そう言うと、紀美原は修司の顔を見て小さく頭を振った。それは拒否の意味ではなく、修司に新たなカードを見せる迷いを彼自身が振り切るための仕草だった。修司は黙って彼の言葉の続きを待った。

「電話が入ったんですよ。一年前にあるジャーナリストが事故死した件でとね」

あれは事故死ではなく仕組まれたもので、犯人はやがて彼の妻も狙う。その時期は遠くない。また、犯人は被害者に極めて近い人物で、最も信頼されている人間だという内容のタレ込みだったらしい。言葉を少し濁しているが、要は弟が痴情のもつれから実兄を殺害し、さらなる事件を起こすとさりげなく示唆《しさ》したのだろう。紀美原や捜査員の修司に対する疑いの根はそこから始まっていたということだ。

「大上庸一氏の一件はすでに事故死としてカタがついている。捜査チームもなければどの課が担当している案件でもなかったので、二課のわたしのところに電話が回ってきたんですよ。もちろん、ガセのタレ込みなど毎日のようにあります。だが、なんとなくこの件は気になった」

「なぜだ？」

「なぜ？　あなたがそれを聞きますか？　刑事のカンってやつですよ。山ほどの証拠や証言、それらの真偽を見極めるのは科学の力だけじゃない。数多くの犯罪と犯罪者に向き合ってきた感覚がものをいうんですよ」

「それで、君はあの日、義姉の家に出向いたということか？」

「電話をもらった翌日でした。半日休暇を取って職務上がりに向かったのですが遅かった。被害者には申し訳ないことをしたと思っています。もう少し早く訪ねていればと思うと、とても残念です」

「いや。それは君の責任じゃない」

修司も自分があと五分でも早く家に着いていればと何度も考えたものだ。だが、それも詮《せん》ないことだとわかっている。まして警察への密告の電話の場合、真偽の確認も難しく上司の許可を取って動こうとすれば時間もかかる。それでも彼は気になったというだけで、半日休暇を取って義姉を訪問しようとしてくれた。それも電話の翌日という素早い対応にはむしろ感謝したい。

「刑事といっても現場捜査担当ではないので、休暇も取りやすいんですよ」

修司の礼に紀美原は素っ気ない態度を見せた。そして、すぐに険しい表情に戻り、さっきの車が走り去っていった方角を睨みながら言う。

「でも、これでますます疑う余地がなくなってきました」

それは修司が犯人ではないということだろうか。今度こそ信用してもらえたなら有り難い。

だが、それだけではないと紀美原は指摘する。

「あなたが訪ねていく日に彼女が襲われたのも、けっして偶然ではないはず。奴の目的は彩香さんを殺害しあなたには冤罪を着せ、大上庸一氏に近い人物をことごとく排除することだったと思われます」

「密告の電話をしてあらかじめ警察に警戒を促しておき、俺が義姉を訪ねる日に事件を起こして第一発見者に仕立てるという段取りか」

第一発見者は最初に犯行を疑われるわけで、事実そのように捜査は進んでいたのだ。

「奴はあなたが元ＳＡＴだったことを知っているのかもしれません。できれば手強《てごわ》い相手と一対一で向き合う真似はしたくない。だからこそ、冤罪を被せて警察で拘束されるよう仕向けたが、そうはうまくことが運ばなかった」

「君が思いのほか迅速に行動してくれたおかげで、俺は首の皮一枚で冤罪を免れたのかもしれない」

少なくとも、容疑者リストの筆頭から最下位に落ちていることは間違いないだろう。それだけでもずいぶんと自由に動くことができる。

「亡くなっているはずの前嶋が生存していて、大上庸一氏の追っていた案件の証拠を隠滅しようと動いている。これが今の我々が導き出せる現実です」

「そして、次のターゲットは俺ということか」

修司は未だ容疑者リストに名前が残っているとしても、身柄を確保されることなく自由に行動している。それればかりか、例の薬物のサンプルや兄の残したデータを所持している可能性も高い。計画どおりにいかなかった犯人にとって、そんな修司の存在は目障りなことこのうえないだろう。

修司もまた、前嶋を乗せた車が走り去っていった暗闇を睨みながら小さく唸る。そのとき、隣に立つ紀美原と間に初夏の夜の風が通り過ぎるのを感じ、あらためて彼の顔を言葉もなく見つめる。

「警察については自分の古巣ながら、いろいろと思うところはある。刑事である君に関しても、正直何を考えているのかよくわからない。ただ、できることなら君のことは個人的に信頼したいと思っているが……」

自分でもどうにかできたとは思うが、とりあえず彼が修司の身を案じていたことも、前嶋を取り押さえてくれたことも事実なのだ。ところが、修司の戸惑いの言葉に対して紀美原はあくまでも冷めた態度だった。

「言っておきますが、一度寝たからといって自惚《うぬぼ》れないでくださいね」

「あっ、いや、もちろんそんなつもりはない」

誤解を招いてはいけないと思って、慌てて否定をした。だが、紀美原との情事については、あのあとふとした瞬間に思い出しては穏やかでない気持ちになったのは事実だ。自分の性的指向を意識してから長いが、この齢になって初めて経験した同性とのセックスは強烈な印象と快感を修司に与えたことは間違いない。

紀美原の美しさはそばにいれば心騒ぐものはある。けれど、人間としての彼は修司にとってどこかつかみどころがなく、理解するのがあまりにも難しい存在だ。それに、今は義姉の事件と未だに解決したとは考えていない兄の不審死のことがある。自分の個人的な感情や欲望などは二の次と考えているから、けっして紀美原との情事を意識しての言葉ではなかった。

「俺はまだ自分のこともよくわからないままだ。だから、この間のことで君についてどうこう言うつもりもなくて……」

修司が自分の気持ちを説明する言葉を選ぶのに困っていると、紀美原がふいにいつものポーカーフェイスを緩め、なんとも魅惑的な笑みを浮かべてみせた。それは修司の心を動かすほどに妖しげな美しさで、危うく動揺が顔に出てしまいそうになった。

「とはいえ、あなたのことを案じていたのは事実です。これ以上被害者が出ることは一人の刑事として望んでいませんが……」

そこまで言うと紀美原はすぐ近くまで歩み寄ってきて、修司の肩に近い胸元にそっと手のひらを当てながら口元を引き締める。その代わりに視線が和《やわ》らいでいるのがわかった。口よりも目のほうが正直に感情を表すものだ。どうやら今の彼は本当に微笑んでいるらしい。

「一人の男としてもあなたが死ぬのは惜しいと思っていますから……」

女性とのつき合いも不器用なほうだったが、同性との関係についてはなおさらわからない。こういう場合、どういうふうに受け答えしたらいいのか戸惑っていると、紀美原はまた目の前でスイッチが切り替わったように刑事の顔になる。

やはり、つかみどころのない不思議な男だ。同時に、何か危うげなものを感じた。それは彼が修司に対して危険を及ぼすという意味ではない。紀美原という存在そのものが、どこか危うげに見えたのだ。

刑事という強い意思と精神力を求められる職業に就き、さらには突出した美貌を持っている。それだけでも充分すぎる存在感だというのに、ふとした瞬間に彼が陽炎《かげろう》のように揺らめいてその姿が消えてしまいそうな錯覚に陥る。

まるで彼自身が生きていることを意識していないのではないかと思うほど、紀美原は存在感を希薄にする。どんな人生を歩んでくれば、こんなふうに自分の存在を曖昧にできるのだろう。このとき、修司は初めて紀美原という人間の内面に興味を抱いた。

「ここの後始末はわたしのほうでどうにかしておきます。あなたは引き続き身辺に注意をしてください」

事件のすべての鍵はあの男が握っているのだ。黙って己の身を守っているばかりでは埒《らち》が明かない。刑事が、捜査違反になりかねない一般人との協力関係を約束するわけがない。わかってはいるけれど、問いかけずにはいられなかった。

「前嶋について、何かわかれば情報をもらえるか？」

紀美原は案の定それについては何も答えずに歩き出す。男にしては華奢《きゃしゃ》なその背に、修司は同じ質問を二度問うことはしなかった。

◆◆

警察のデータ上では死亡しているはずの前嶋克文は生きていた。ということは、前嶋は作為的な「死」によってこの世から存在を消したのではないか。修司にそう推測させたのは、前嶋が以前に構成員として所属していた組織を調べて得た結論だった。

井澤組というのは、兄が追っていた大手銀行の不正融資事件でサラ金を介して金を借りていた反社会的組織の一つだった。不正に融資された金によって井澤組が何を企んでいたかということと、兄が隠し持っていた薬物のサンプルが一本の線で繋がる。

紀美原には前嶋の件について何かわかれば教えてほしいと頼んでおいたが、警察が一般人に捜査情報を漏らすわけがない。修司が元警察官であっても、今は一般人であるかぎりその原則は破られることはないだろう。また、それを無理に頼んで借りを作るのもよしとしないし、紀美原がそう簡単に口を割る男でないことはわかっている。

だったら、自分で動くほうが手っ取り早い。そして、やはり一番頼りになるのは、兄の同僚であった元木の存在だ。兄の残したメモリスティックのコピーを取ったので、オリジナルを返す目的で元木に会ったとき、修司は紀美原との一連の出来事を話した。ただし、体を重ねたことだけは打ち明けることはできなかった。

紀美原とのセックスによって自分が同性愛者であるということはもはや否定できないし、自分を騙《だま》してこの先の人生を生きていくことは無理だとわかった。女性との恋愛や結婚についてはすでに諦めていたものの、はっきりと引導を渡されたと思う。だからといって、自分の周囲の人間にそれを話す決心は容易にできるものではない。

「オリジナルはおまえが持っていてもいいんだぞ。庸一の形見のようなものだからな」

「いえ、お話したように俺は敵のターゲットになっています。万一を考えたら元木さんに保管していてもらったほうが安全です」

「万一だなんて物騒なことを言うなよ。だが、話を聞いているかぎりでは穏やかではないようだ。修司のことだから自分の身くらいは守れるとは思うが、相手も手段を選んでいないところが気になる」

元木が険しい表情で言うとおり、前嶋のやり口はかなり大胆だ。それほどに兄の持っていた証拠を隠滅しようと必死なのだろう。

「だが、こうも考えられないか？　手段を選ばずに動けるように『前嶋』を殺したと……」

「ということは、やはり組織の意向ということですか？」

「前嶋は組織では幹部ではなかったが、構成員になって長い。組織の中枢に近いところにいながら、特に肩書きを持たずに行動していたらしい。鉄砲玉になる人間には多いパターンじゃないか」

この事件の裏には組織的な力が働いていると思われたが、ここにきてそれが前嶋の所属していた井澤組であることがかなり明確に浮き上がってきた。一年の時間を経て届いたメモリスティックのデータが、そのことを示している。そして、奇しくもこの時期を狙ったように敵もそれらの証拠を隠滅しようと本格的に動きはじめた。

兄の不審死が事故死として片付けられ、世間を騒がせた大手銀行の不正融資事件もほとぼりが冷めた。一年前にサンプルとして日本に入った薬物だが、闇社会の商業ベースに乗る算段がついたとしたら、それが本格的に始動する前にトラブルの元は断っておきたいと考えたのかもしれない。だが、そんな悪党たちの考えで、義姉や修司がこの世から排除されるのは理不尽なことこのうえない。断固として阻止するばかりか、彼らの悪巧みを叩き潰してやるしかないだろう。

「そこで、元木さんにお願いがあります。この前嶋という男のことを引き続き調べてもらえませんか？　井澤組の命令で動いているとは思うのですが、どうもそれだけではないような気がしているんです」

というのも、修司には奴の行動原理がいまいち理解できないのだ。

「もちろん、そのつもりだ。彩香さんのこともあるし、修司まで狙われたとなったらもうこれは完全に裏があるだろう。庸一の死に関しても新たな事実がわかるかもしれないな」

兄の不審死に関して、元木は家族とともに最後まで警察に再捜査をかけ合ってくれた。親友のことは誰よりも知っていると豪語していた彼は、兄があんな死に方をするとはどうしても信じられないのだ。

「俺は庸一が好んで酒を飲まないことは誰よりも知っている。俺がどんなに勧めてもお茶でいいと酒は飲まなかった。奴が酒を飲んだのは、俺が結婚したときと、子どもが生まれたときだけだ。めでたいときだけはつき合うと言って、飲めない酒を一緒に飲んでくれた。そんな奴がどんなにヤケになっていたとしても、泥酔するほど飲むわけがない。ましてやそれで車の運転などあり得ない」

そう言って苦渋の表情になるが、すぐに固い意志を持って前嶋の件について約束してくれる。

「ターゲットをここまで絞り込めたなら、どうやってでも調べてやるさ。こっちはプロだからな」

「頼もしいかぎりですが、無理はしないでください。元木さんにまで危険が飛び火したら困りますから」

「心配すんな。空手で鍛えた腕はまだまだ鈍ってないぞ。なんなら腕相撲で勝負するか?」

そう言いながら喫茶店のテーブルの上に肘をついて腕を出してくるので、修司は笑って遠慮しておいた。

「それより、その紀美原という刑事だが……」

修司が勝負にのってこないとわかって腕を引っ込めた元木だが、ふと思い出したように難しい顔になる。

「彼がどうかしましたか?」

「彩香さんが襲われた現場にいたというので気になって少し調べてみたんだが、なかなか興味深い人物だったぞ」

まさか紀美原のことまで調べているとは思わず驚いたが、元木の言う「興味深い」という言葉は少々気になった。

「確かに、少々風変わりな刑事だとは思いますが、優秀であることは間違いないようです。捜査の基本を踏襲しながらも順応性の高い対応ができ、自分の目で確認するという地道な作業も怠らない。そのくせ、徹底して人には感情を読ませない。なかなかの曲者《くせもの》ではありますがね」

「今は庶務や捜査チームを組織する部署にいるが、以前は現場で相当派手にやっていたらしい。犯人に対してはまったく容赦がなかったようで、始末書の数は刑事課で断トツだったと言われている」

その噂は修司も耳にしていた。あの美貌に似合わず、かなり強引で手厳しい捜査をしていたようだ。とうてい武闘派には見えないが、刑事の中には体格に似合わず手練《てだれ》という者も少なくない。柔道の上段を持っているというから、まさに「柔能《よ》く剛を制す」の典型なのだろう。

「腕も度胸もあるでしょうね」

予期せぬ事態によって逃したとはいえ、前嶋を取り押さえたときの捕縛術もたいしたものだった。だが、元木はそれだけじゃないと身を乗り出してくると、ここからは完全にオフレコだぞと念を押す。修司はわけもわからずに頷くしかなかった。

「紀美原良という名前で調べてみたら、すぐにある事件がヒットした。今から二十二年前の事件だ。紀美原は十歳のときに誘拐され、一週間監禁されているんだ」

修司は目を見開いて元木を見つめる。そんな過去があったとはまったく知らなかった。もちろん、本人が語るわけもないし、修司も十四歳のときのことだから世間を騒がせた事件だったとしても記憶には残っていなかった。

「でも、無事救出されたということですね？　犯人は？」

そこで元木はしばし口をつぐみ、言うべきか否かしばし考えていた。だが、すでに二十二年前のこととして、彼が調べた内容を話してくれた。

「犯人は死んだ」

「警察に射殺されたんですか？　あるいは自殺ですか？」

子どもの誘拐、監禁事件の解決の際に犯人が死亡したとなると、そのどちらかということになるだろう。ところが、そのどちらでもないと元木は首を小さく横に振った。そして、元木の口から衝撃的な言葉が出た。

「紀美原が殺したらしい……」

ぎょっとして修司が眉をつり上げた。

「ま、まさか。彼は十歳だったんですよね？」

「犯人は滅多刺しにされていた。紀美原は血塗《ちまみ》れで発見されている。そばには凶器となった鋏《はさみ》が落ちていた。現場には二人しかいなかった。必然的に紀美原が殺害したということになる」

もちろん、十歳の少年が罪に問われることはなかった。

「誘拐され拉致監禁されていたから、ある意味正当防衛ともいえる。なにしろ、彼は犯人により性的暴行を受けていた形跡もあった。どうやら、そういう性的指向の男だったらしい」

さすがに言葉を失ってしまった。今の彼は自分がそういう性的指向の持ち主であることを取り立てて気にしているふうではない。だが、そうなるきっかけが過去の誘拐事件にあったとしたら、彼の心の中で相当の葛藤《かっとう》があったのではないか。

「当時の写真を見ると、いわゆる美少年だな。その手の趣味の男に目をつけられるのもわからないではない」

当時は、未成年の被害者に関しても報道の規制が甘かった部分もある。雑誌や新聞では記者が入手した紀美原の顔写真が掲載されていたようで、元木の言葉はそれを見ての印象なのだろう。

「今でもとんでもない美貌の持ち主ですがね」

修司がボソリと呟くと、元木はそれにも頷いた。今の紀美原の容貌についても、噂で聞いているらしい。

「とにかく、警察官は組織としての規範でしか動かない。どんな捜査も上が『ノー』と言えばそれまでだ。まぁ、こんなことは元警察官のおまえに言うのは釈迦《しゃか》に説法ってものか。だが、あの紀美原という刑事を信じすぎないほうがいい。一筋縄でいかない男なのは確かだ」

その日、元木とは前嶋の件でまた何かわかったら連絡してもらえるよう約束をして別れた。彼にまかせておけばきっと修司ではつかみきれないような情報も見つけてくれるだろう。記者としての能力もさることながら、親友であった兄の死の真相を突き止めたいという強い意思がある。そして、元木は信じるに足るだけの男だ。

だが、紀美原はどうだろう。元木に言われるまでもなく、警察組織というもののいかんともし難い力が働くこともあるのだ。ただ、紀美原個人については修司も未だにつかみきれない部分があるのは事実だ。

（それにしても、そんな過去があったとは……）

彼の人格形成について、過去の誘拐事件が大きく関与していることは間違いないだろう。ただ、彼が自らの手で犯人を殺害したという事実はあまりにも衝撃的だった。彼はその事実を自分の中でどうやって折り合いをつけ、乗り越えてきたのだろう。

自らが任務で負傷してSATを除隊したことはやむを得ないとしても、兄を亡くし、義姉があんなことになったことは納得ができなかった。不幸と不運が過ぎるだろうと、天に向かってなぜなのかと問いたい気持ちだった。だが、紀美原もまた理不尽な現実にからめとられてきた人生だったのだ。

元木の話によってよくわからない男の片鱗《へんりん》が見えてきた。修司にとっては困惑する事実だったが、同時に紀美原という男に自分にはない強さを感じたのだった。

病院近くの公園で襲われて以来、今のところ紀美原からの連絡はない。警察は前嶋についてなんらかの情報を得ているのかもしれないが、それを修司に伝える意思はないと考えていいのだろう。

最初から期待はしていなかったが、紀美原は修司と違って警察組織の一員だ。いくら型破りの刑事とはいえ、一般人と組んで捜査を進めるわけにはいかないことは理解できる。そういう意味でもやはり頼りになるのは元木の情報だった。

前嶋の情報について連絡を待ちながらいつもどおり来日中の要人の警護に当たっていたが、三日間の滞在期間の任務明けに元木から電話が入った。

『前嶋だが、いろいろわかってきたぞ。奴は日本人じゃない。母親は日本人だが、父親が中国人で今も中国籍を保持している』

それはまったく予期せぬ事実だった。前嶋克文は本名を李克文《リコクブン》といい、日本人の母親と中国人の父親の間に生まれていた。母親はいわゆる残留孤児であり、今から二十数年前に日本に帰国。数年後に家族も日本にやってきた。前嶋は二世にあたるが、国籍は中国のままで一般永住権を持ちながら暮らしてきたということだった。

残留孤児で日本に帰国した人たちへの支援は国でもしてきたが、言葉の問題などで苦労は多かったという話は修司も知っている。年月をかけて日本社会に馴染んでいった人々もいるが、中には生活のために犯罪に手を染める者もいなかったわけではない。特に二世、三世の世代でその傾向が見られることも事実としてある。

前嶋はまさにその世代であり、残念なことに日本社会に正しく適応できなかった一人のようだ。ただし、中国人が徒党を組む組織には属しておらず、彼は日本の反社会的組織に身をあずけていた。

『昔、繁華街で井澤組の組長に拾われたらしい』

それは文字どおりそうだったらしく、同胞同士の抗争で追われていて命を落としかけていたとき、助けてくれたのが奇しくも日本人の暴力団組織の組長である井澤だったということだ。以来、前嶋は同胞社会から距離を置き、中国名も捨てて日本人として井澤組の盃《さかずき》を受けた。

ところが、組織の中でも前嶋はやはり異端だった。井澤組の組長は目をかけてくれたものの、幹部に取り立てられることはない。ただ、生活と身の安全が保証されたことで、前嶋にしてみれば井澤に感謝して心酔するのに充分だったらしい。

『彼は盃を受けてはいても、組織の構成員というよりむしろ井澤の個人的な飼い犬と言ってもいいだろう』

組織の人間が動けないような案件について、暗躍する役割を担ってきたのが前嶋だという。警察のマークがあってもその都度、大陸に逃げてはほとぼりが冷めた頃に日本に戻るということを繰り返してきたようだ。奴の行動原理の不可解さの理由が少し見えた気がした。

そして、修司のいやな予感については元木も同じだった。今回の案件では彼は自分の存在を消してまで、組織にとって危険な証拠を隠滅しようとしていた。それはなんとか阻止することができたが、兄や義姉のことを思えばこちらが受けたダメージは取り返しがつかないものがある。なんとしても彼を捕まえてこの事件の全貌を解明しなければ、兄も浮かばれないし義姉もあまりにも不憫《ふびん》だった。

『おそらく、奴は飛ぶぞ』

その言葉に修司の心の中でこれまでにないほどの怒りが込み上げてきた。不幸な境遇に同情する部分があったとしても、それが犯罪を許す大義名分になりはしないのだ。だから、絶対にあの男を許すわけにはいかない。

元木の報告を受けた翌日だった。修司は意を決して勤務している警備会社に出勤すると、上司に退職願を提出した。彼は修司の経歴を買っていてくれると同時に、一連の事件についても理解してくれていた。なので、多くは聞かないまま退職願は保留にしておくと言ってくれた。

そして、すべてにカタをつけたならまた戻ってくれればいいという温情に満ちた言葉には、心から感謝するしかなかった。だが、必ず戻るという言葉は言えなかった。前嶋との戦いに命の保証はないからだ。相手は自分の存在さえも消して暗躍する人間だ。それはすなわち、失うものがないということだ。

ＳＡＴで鍛え上げた身であっても、捨て身の人間に勝てるかといえばそれはわからない。どんなに訓練を重ねても、現実では想定を超えたことも起こり得るのだ。だから、修司は上司の言葉を有り難く思いながら深く頭を下げることしかできなかった。

その日の帰宅途中に病院へ立ち寄り義姉を見舞った。容態は相変わらずだったが、眠り続ける彼女に誓う。きっと兄の死の真実を突きとめ、こんな理不尽な現実に決着をつけてみせると。修司ができることはそれしかなくて、その先には自分自身の新しい人生もあると思うから。

帰宅してマンションでシャワーを浴びたあと、出かける用意をした。必要となったらいつなんどきでも前嶋を追えるように準備しておかなければならない。単なる旅ではない。これは戦いの旅だ。群れからはぐれ凶暴化した狼を追うのだ。そして、前嶋を追う修司自身もまた群れからはぐれた一匹狼に違いなかった。

ＳＡＴに入隊したときに買って、長年愛用してきたサバイバルショルダーバッグに必要なものを詰める。銃刀法違反は承知だが、アーミーナイフもバッグの底にしのばせる。米軍で正式採用されているオンタリオ社のアバニコラインのものだ。手に馴染みがよくサイズ的にも扱いやすい。ただし、これを使うような事態を望んでいるわけではない。

荷造りを終えたあとは部屋の片付けを始めた。万一に備えてのことだ。兄のようなことがあったとしても、独り身の修司には身の周りを整理してくれる人はいない。それを両親にさせては申し訳ないという思いもあるし、また自分の今回の行動の意味について説明も残しておきたい。

修司がノートパソコンに向かっていると、インターホンが鳴った。宅配か郵便だろうと思い出ると、モニターに映った紀美原の姿を見て驚いた。急いで玄関のドアを開けると、彼はいつもどおり感情のよく読み取れない、けれど腕のいい職人が端正に作り上げた人形のような美貌でそこに立っていた。

「どこかへお出かけですか？」

彼は廊下に置かれたショルダーバッグを見て言った。非常時の荷物は玄関そばに置くのが基本だが、紀美原は素早くそれに気づいたようだ。だが、修司もまた彼のある部分に視線が釘付《くぎづ》けになっていた。

「それは、どうしたんだ？」

修司が指したのは紀美原の左手だった。そこには白い包帯が巻かれていた。

「ああ、これは少々しくじってしまいましてね。でも、たいしたことはありません。かすり傷です」

どういう意味かと問うよりも先に、紀美原が怪我の理由を口にした。

「どうやら奴のターゲットが増えたようです。あなたに身辺の注意を促しておきながら、いささか間の抜けた話ですね」

「前嶋か？　奴にやられたのか？」

修司が困惑気味にたずねると、紀美原が自嘲《じちょう》気味な苦笑を浮かべて頷いた。とりあえず彼を外廊下から玄関へ招き入れると、彼は言葉を続ける。

「なかなか大胆な真似をしてくれる。自宅マンションの駐車場に潜んで待ち伏せされました」

私用で車を出そうと地下にある駐車場に下りたところ、柱の陰から前嶋が飛び出してきたという。危うく背後から思いっきり刺されるところだったので、この程度ですんだのは幸いだったと紀美原は言う。話を聞くかぎり訓練を受けている刑事だから身を守れたのであって、普通の人間なら駐車場で物言わぬ遺体となって発見されていても不思議ではなかっただろう。

井澤組としては隠滅しなければならない証拠の品が見つからないなら、関わったと思われる人間を片っ端から始末してから前嶋を大陸へ飛ばせるつもりかもしれない。

「それにしても、刑事の君までが狙われるとは……」

「あなたを狙うにしても、周囲に刑事がうろついていたら目障りなんじゃないですか」

警察の見解では前嶋克文という人間はすでにこの世には存在しない。前嶋だと認定された遺体は茶毘《だび》にふされているので、今ではそれを覆《くつがえ》すだけの証拠がなかった。

前嶋が生きていることを直接確認しているのは、紀美原と修司の二人だけだ。死んだ人間の罪を警察が追求することはできない。動きたくても動けない紀美原と警察のジレンマがそこにあった。それは、裏を返せば紀美原と修司さえ抹殺してしまえば、この世で前嶋の存在を証明する人間はいなくなるということだ。

だからこそ、井澤組は今のうちに前嶋を使って危険因子を排除しようとしている。やり口の乱暴さは、連中の焦りなのかもしれない。だとしたら、追い詰めるには絶好の機会で、これを逃す手はない。刑事が直接狙われ負傷したとなれば、警察組織への挑戦と考えてもいい。これをきっかけに本格的に捜査本部を設けることを提言し、現在はその方向で動いているという。

「ここまで派手にやられて放っておくわけにはいきませんから。というわけで、あなたにはあらためて釘を刺しにきたというわけです」

自分の怪我をした片手を持ち上げてみせる。もちろん、紀美原が言わんとすることはわかっている。要するに、これからは警察が本格的に動き出すので、素人はよけいな真似をして捜査の邪魔をするなということだろう。

「その荷物はさっさと片付けて、できれば部屋でおとなしくしていてもらえると助かります」

「それを俺が素直に承知するとでも？」

警察が動けるのも、兄が集めた薬物のサンプルと一年前の不正融資事件に関するデータを修司が提供したからこそのことだ。それなのに、警察は一年前の兄の不審死についてあれほど再調査を依頼したにもかかわらず動かなかった。自分の古巣だからこそ、そういう部分での組織の冷徹さについても修司は誰よりも知っているつもりだ。

「承知してもらわないと困るので、こうしてわざわざ直接会いにきているんですよ」

二人の間でしばしの沈黙が続き、強い視線が絡み合う。そのとき、修司の携帯電話の着信音が静まり返った部屋の中で鳴った。修司は黙ってきびすを返しリビングへ戻ると、携帯電話のモニターを確認した。元木からで、電話に出るなり彼の焦った声が耳に届く。

『ヤバイぞ。前嶋が東京を離れたようだ。このまま飛ぶつもりかもしれない』

修司は思わず息を呑んだ。大陸へ逃げられてしまってはおしまいだ。人口十三億の中に紛れ込まれたら、自力で発見することは不可能になる。そして、日本の警察からの協力要請に中国側がどこまで応《こた》えてくれるかはわからない。日中間には犯人引渡し条約が締結されていない。そして、彼は前嶋克文と名乗ってはいても、あくまでも本名は李克文であり中国籍の人間なのだ。

修司は電話を切るとすぐさまパソコンとエアコンの電源を落とし、車のキーとともに廊下に置いてあったバッグを持って玄関に向かう。そこには紀美原が立っていたが、無言でワークブーツに足を突っ込み紐《ひも》をきつく結ぶ。

「どこへ行くつもりですか？」

「前嶋が都内を離れた。西に向かっているらしい。関西か下関あたりから船で大陸に渡る可能性がある」

「追うつもりですか？」

「止めても無駄だ。俺は自分の手であの男を捕まえる。これは兄夫婦のための復讐《ふくしゅう》だ」

「あなたはまだ容疑者リストから完全に名前が消えたわけではない。下手に動けばあらぬ疑いを招くことなる。そのリスクを背負ってまで東京を離れるつもりですか？」

靴を履き終えた修司が立ち上がり紀美原の目を見た。捜査の妨害を排除するためだけなく、彼が修司の立場を案じてわざわざ忠告をしにきてくれたことはわかった。少なくとも、彼は修司が義姉の事件の犯人ではないと信じてくれている。だからこそ、事件解決まではおとなしくしていろと言いたいのだろうが、そういうわけにはいかないのだ。

「前嶋を捕まえれば、すべての真実を白日の下に晒すことができる。そして、奴を逃せばすべてが闇に葬られる。俺は自分のやるべきことをやるだけだ」

そう言いながら修司は部屋を出るとともに、紀美原を玄関の外へ押し出そうとした。すると、彼はそんな修司の二の腕をつかみ言う。

「警察を全面的に信じてくれとは言いません。ですが、あなたはもう一般市民だ。いくら元SATとはいっても、一人で何ができると言うんですか？」

そのとき、紀美原が修司の足に視線をやったのがわかった。負傷して元どおりの機能を取り戻していない左足を見ているのだ。だが、それは修司にとって自分の信念を曲げる理由にはならない。以前どおりの動きはできなくても、戦いを忘れてはいない狼だと信じている。

「俺はまだ自分を見失っていない。自分の生き方を誰かの手に委《ゆだ》ねる気はない」

部屋の鍵をかけてエレベーターに向かおうとしたとき、紀美原は再度修司の前に回り込んで立ちはだかる。阻止しようとしても無駄だ。決めたかぎりは相手が刑事であろうと力ずくでも行く。すると、紀美原が鋭い視線で修司を見つめると言った。

「だったら、わたしも行きます」

予期せぬ言葉に、さすがの修司も一瞬足を止めて目を見開いた。

「わたしも、自分の生き方を誰かの手に委ねるつもりはありませんから」

「正気か？」

その問いかけに、紀美原は薄く赤い唇の口角だけを上げて微笑み言った。

「こう見えてもまだ充分に冷静ですからご心配なく」

そう言った彼の目の奥には、ひどく冷たい青い炎が宿っているようだった。

◆◆

前嶋《まえじま》に尾行をつけていたのは元木《もとき》個人の考えだった。編集部からは個人的調査の費用が下りるわけがなく、一年前の元社員の事故死についても深く追う気はなかった。だが、修司《しゅうじ》の兄から一年の時差を経て届いたデータに、元木はこれまでにない大きなスキャンダルの匂《にお》いを嗅《か》ぎつけた。親友のための復讐《ふくしゅう》と同時に、兄の追っていた事件に記者としての魂が揺さぶられたのだろう。

『前嶋は十六歳のときに日本にやってきて、高校を卒業して上京するまでの二年間は母親の故郷である大阪で暮らしていた。だから、関西には土地勘があるはずだ』

元木からの情報によると、彼はこれまで事件を起こして大陸に戻る際は大阪からのフェリーを使っている。エアラインを使うよりは出入国審査が簡易なので、前嶋にとっては好都合なのだろう。

「それにしても、このまま逃亡するというのも若干腑《ふ》に落ちないのですが……」

紀美原《きみはら》の言葉には修司も同感だった。彼は修司の義姉こそ植物状態にしたが、薬物のサンプルとデータを回収して処分することはできなかった。その後、それらを所持している可能性の高い修司への襲撃、事件を嗅ぎまわる面倒な存在である紀美原の殺害も失敗に終っている。一般人が相手なら充分な脅しになったかもしれないが、修司と紀美原はそれに屈する人間ではない。

それでも、組織としてはこれ以上前嶋を暗躍させることはリスクが大きいと考えたのかもしれない。すべての鍵《かぎ》を握っている前嶋が捕まれば、井澤組《いざわぐみ》にとっては致命的な事態を招きかねない。今の彼は組織にとって両刃《もろは》の剣《つるぎ》なのだ。ここらで一旦手を引いて、身を潜めているよう指示が出たということも考えられるが、やはり中途半端な状態で逃走している印象が拭《ぬぐ》いきれなかった。

「あるいは、我々をおびき寄せるための逃走かもしれませんね」

修司の考えに対して、紀美原が助手席で不敵な笑みとともに言った。左手の包帯はいつの間にか解《ほど》かれて、傷テープだけが貼られている。色が白いだけに、肌色のそれがえらく目立っていて痛々しい。

「それなら、こうして二人揃《そろ》って前嶋を追っているのは奴にとって計算どおりということになる」

本当なら一人で前嶋を追うはずだった。なのに、なぜか修司の車の助手席には紀美原が座っている。公共交通機関を利用しないで車を使うことにしたのは、前嶋が組織の車で西に向かったという情報を得たからだ。向こうが車で移動している場合、こちらが公共交通機関を使っていては追いきれなくなる。

他にもサバイバルナイフなどそれなりの装備も所持しているうえに、紀美原の忠告どおり修司もまた未だ義姉の事件においては完全に容疑者リストから外れていない。都内からの移動に際して、警察の職務質問などに引っかかりその場で足止めを喰《く》らうことになっては困るのだ。

もし紀美原の言うように二人をおびき寄せる目的も含まれているなら、前嶋がすぐさま大陸へ高飛びする可能性は低い。だが、船に乗り込まれてしまったらおしまいだという不安がつきまとっているのも事実なのだ。

気持ちばかりが焦るが、とにかく今は西に向かうしかない。高速道路を飛ばし、途中で紀美原と運転を交替しながら約七時間。その日の夜の十時を回って大阪に入った。

最初に向かったのは、中国行きのフェリーが発着する南港のフェリーポートだ。ここからは中国の上海行きのフェリーが二社によって運航されている。一社は週一便で大阪と上海を二泊三日で繋《つな》いでいる。もう一社は隔週でほぼ同じ航路を同じ日数で結んでいる。

「隔週便は今週の火曜日に出たので、再来週までは便がない。週一便も金曜発で昨日出たばかりだ」

前嶋が大阪から出国するとしたら、一週間は足止めを喰うことになる。あるいは、下関から中国入りする可能性もあるが、その便は目的地が青島《チンタオ》になるため中国国内での移動に不便がある。

前嶋が大陸で頼っていくとしたら、自分が生まれ育った哈爾《ハルビン》にいる知人だろう。青島から哈爾では飛行機の便数が少なく、電車の移動では丸一日かかる。上海からなら国内線の本数も多く、その日のうちの乗り継ぎも可能なので、おそらく大阪で来週の金曜日の便を待って乗船すると思われた。

「前嶋を捕まえる猶予は一週間ということですね」

紀美原が呟いたので、修司はいまさらのように彼にたずねる。

「まさかこのまま一週間後まで大阪に滞在するつもりか？　君には通常の任務があるだろう?」

「今回の件では現場捜査に加わる許可を得ています。前嶋の身柄確保は最優先事項ですから、これは任務の範囲内のことですよ」

涼しい顔で言っているが、本当に問題がないのか疑わしい気もした。だが、紀美原のことを案じているほど修司に余裕があるわけではない。前嶋を捕まえることができなければ兄夫婦のこともだが、自分自身に降りかかった火の粉さえ完全に拭い去ることはできないのだ。

とにかく、今夜はどこかのホテルに宿泊し、元木とも連絡を取って明日からの計画を考えることにした。ところが、大阪の中心地に出て適当なビジネスホテルを当たって回ったが、どこも満室だと言われてしまう。奇妙に思って理由をたずねると、土曜日であることとさらには中国からの観光客で近頃はホテルの部屋が早くから埋まっているのだという。

旧正月を祝う春節、その後の桜のシーズン、そして夏休みと十月の国慶節には首都圏や主な観光地のホテルはほぼ満室状態らしい。そういうニュースは耳にしていたが、まだ夏休みには早い時期から何軒ものホテルに断わられるとは思わず頭を抱えてしまった。

「この際、場末のホテルでも根気よく当たればどこかは空いているだろう」

最悪の場合は車で眠ることになるだけだ。そう思って次のビジネスホテルのサインを見つけフロントでたずねると、運よくキャンセルが出て空き室があると言われた。

「ただ、ダブルのお部屋が一つでして……」

恐縮したように言われて、紀美原と修司が顔を見合わせた。だが、この状況でシングルを二つ用意しろというほうが無理だ。ダブルルームのシェアでもシャワーが浴びられるし、ベッドで横になれるだけでも車中泊よりはましだろう。

鍵を受け取って料金を先払いし二人で部屋に落ち着くと、紀美原はすぐさま買い物があるからと外出した。その間に修司はシャワーを浴びて、元木に電話を入れた。大阪に入ったことを告げると、元木のほうも新しい情報を得たという。

『大阪のH区に前嶋が日本にきて最初に暮らしていた家がある。近所には彼の母親と同じ時期に残留孤児として帰国した人が今も健在で暮らしているはずだ。出国までに時間があるなら、その人と連絡を取る可能性があるな』

「その後の井澤組の動きはどうですか?」

『不自然なくらいおとなしいもんだ。とにかく、前嶋を大陸に出してしまうまでは完全に息を潜めているつもりだろう』

前嶋さえ無事に逃亡させれば、兄の集めた証拠だけで不正融資と薬物密輸入の案件をリンクさせて井澤組を挙げることは厳しいと踏んでいるのだ。そして、事実それだけでは兄の不審死も含め、立件起訴まで持ち込むことは難しいだろう。さらには義姉の一件についても同様で、犯人が海外逃亡したことにより未解決事件で終わる可能性が高くなる。

修司の目の前にはこんなにもはっきりと疑惑が線で繋がって見えているというのに、何か大きなバリアのようなものがあって、水の中でもがいているかのように物事が前に進まない。もどかしさに苛立ちを感じるが、そんな修司に元木が深く重い声で言った。

『例のデータの解析だが、完全に暗号が解読できたわけじゃない。ただ、こいつはかなりヤバイところまで突っ込んでいるのかもしれん。庸一が慎重になっていたのも……』

そこまで言ってから元木がなぜか言葉を濁した。彼にしては珍しい。推察であっても、心に思ったことはそうだと断わってからはっきりと口にするタイプだ。まして相手が修司だと口の堅さは信頼されているのでどんなことでも話してくれるのだが、このときばかりはどうも歯切れが悪かった。

「元木さん、何か気になることがあるんですか？」

修司の問いかけにも明確な答えはないまま、また何かわかったら連絡を入れると言ったところで部屋のドアがノックされた。電話を切ってドアを開けると、紀美原が大きな紙袋を二つとコンビニの袋を両手に持って戻ってきた。着の身着のままで修司に同行してきたので、とりあえず身の回りのものを調達してきたらしい。

「こんな時間に開いているブティックがあると思ったら、ホスト御用達の店でしたよ。まぁ、着替えがないよりはましですけどね」

そう言って紀美原が床に紙袋を放り出し、コンビニの袋からはビールの缶を取り出して修司に差し出す。シャワーを浴びたあとで喉《のど》が渇いていたので有り難い。紀美原は下着だけを持ってバスルームに入り、その間に修司はフロントにエキストラのシーツとブランケットを貸してほしいと電話を入れた。間もなくしてホテルの従業員が頼んだものを持ってきてくれて、それで床に寝床を作っていると紀美原がバスルームから出てきた。

濡《ぬ》れた髪をバスタオルで拭《ふ》きながら、ホテルに備え付けの安っぽいローブを羽織っている。だが、その姿を見て、修司の心臓が柄にもなくドクンと鳴った。抱き合ったあの夜を思い出してしまったのだ。スーツを脱いで、整えた髪が軽く乱れただけで、この男はまるで別の生き物のように妖《あや》しげな空気をかもし出す。そんな彼が修司の様子を見て怪訝《けげん》な表情で問う。

「何をやっているんですか?」

「ダブルで男二人が眠るのは狭いだろう。君はベッドを使うといい。俺は床で寝る」

「勝手についてきたのはわたしのほうで、ベッドに眠る権利はむしろあなたにあると思いますけど」

「かまわない。こういうのは訓練で慣れているから」

ＳＡＴの頃には過酷な訓練に明け暮れていた。部屋の床でシーツにくるまって眠るくらいどうということもない。ところが、紀美原はなぜか軽く肩を竦《すく》めてみせると、冷蔵庫に入れておいたビールを取り出して飲みながら言う。

「実は、わたしも経験があるんですよ」

「訓練のか?」

刑事も武道など犯人と対峙《たいじ》するための厳しい訓練を受ける。だが、紀美原はそうじゃないと微《かす》かな笑みとともに首を横に振る。

「床で生活をする犬になった経験ですよ」

思いがけない言葉にぎょっとして寝床を作る手が止まった。次の瞬間、元木から聞いた彼の過去について思い出した。まさかとは思うが、そのときの経験ということだろうか。だが、そのことを直接たずねるのは憚《はばか》られた。

「わたしのこと、少しは調べているんじゃないんですか? あなたに情報提供している記者がいますよね。お兄さんの同僚で、警察にも大上庸一《おおがみよういち》氏の事故の件で再調査をたびたび訴えていた人です。確か、元木という人物だったと記憶していますが……」

しらばっくれようかと思ったが、それがいいのかどうかも修司には判断が難しかった。子どもの頃の経験で今なおトラウマを抱えているとしたら、彼がそれとどう向き合おうとしているのかがわからないからだ。

「十歳の頃に誘拐されたことは聞いている」

それだけを言った修司に、紀美原はベッドに座ってビールを一口飲むと濡れた唇を手の甲で拭いながら視線だけを寄越す。その仕草がひどく扇情的に見えるのは、修司の心の中に淫《みだ》らな思いが潜んでいるからだろうか。

「そう、誘拐されて一週間ほど拉致《らち》監禁されていました。三十過ぎのかなりいかれた男でした。十歳の少年を飼って自分の思いのままにしようと企《たくら》み、実際そうしたということなんですけどね。あの一週間のことは今でもはっきりと記憶に残っている。何があったか詳細を聞きたいですか？」

「いや、それは……」

聞いても心が重くなるばかりだろうが、聞きたくもないと切り捨てるのも人としてどうかと思う。修司が困っているのを見て、紀美原はビールの缶をベッドサイドのチェストに置いて立ち上がる。

「わたしのおぞましい過去を聞かされても困りますよね。自分でも思い出すたびにヘドが出そうになるくらいだ。それで、今でも夢の中で何度もあの男を殺すんですよ。何度殺しても蘇《よみがえ》ってきてはわたしを苦しめるんです。本当に忌々《いまいま》しい男だ。もう二十年以上も前のことなのにね」

「やっぱり、君が……」

殺害したのかと問いかけようとしてすぐに口を噤《つぐ》む。その答えを得たとしても、修司には言える言葉が何もない。このとき、自分はどんな表情で紀美原を見ていたのだろう。なぜか彼は憐憫《れんびん》に満ちた悲しげな目で修司を見上げていたかと思うと、唐突に質問を変えた。

「ところで、あなたはどうでした？　わたしを抱いてどう思いました？」

紀美原は広くもない部屋の中で修司のそばまでやってきたかと思うと、肩にかけていたタオルを外しそれを壁際のデスクの上に投げ出して問いかける。男にしては白く細い指を二本揃えて、修司の頬《ほお》をそっと撫《な》でてくる。こういう態度に修司の心はざわついてしまう。刑事の顔から一人の男の顔になったとき、彼は抗《あらが》いがたいほどの魅力を漂わせるのだ。これは修司が同性にしか性的興奮を得られない人間だからなのか、それとも彼の存在は男女を問わず魅了するのだろうか。

そして、その手の甲には七、八センチほどの赤い切り傷の痕《あと》があった。縫うほどは深くなかったようだが、まだ生々しくピンク色の肉が浮き上がっている。せっかくのきれいな手に傷痕《きずあと》が残らなければいいがと案じながら、修司は戸惑いとともに彼の問いかけに答える。

「刑事としての君ならともかく、個人としての君のことはよくわからない……」

それは本当にそうとしか言いようがないのだ。紀美原という男は修司にとって不可解な部分が多すぎる。これまで修司の身の回りにいたどんな人間とも違う。そもそも彼は刑事としてあまりにも異質だし、男としてもどう捉《とら》えたらいいのかわからないのだ。

「正直な人だな。わたしは楽しかったですよ。久しぶりに本気で高ぶりました」

そう言いながら、紀美原は自らの顔を修司の頬にぐっと近づけてくる。そればかりか、赤い舌を差し出して頬をくすぐるように嘗《な》める。ゾクッと背筋が震えたのは、もちろん嫌悪ではなく興奮のせいだ。

「いい顔をしている。男らしくてとても凛々《りり》しい。でも、心の中は苦悩でいっぱいなのが見ていてもわかる。鍛えられた体の中もまた欲望でいっぱいだ。それを理性と強い意思で抑え込んでいるんでしょう？」

そう言ったかと思うと修司が抱き締めようとするよりも一瞬早く、紀美原の両手が首筋に回ってくる。体が密着して、彼の股間《こかん》が少し硬くなっているのを感じた。それが修司の気持ちをさらに煽《あお》って、懸命に理性で欲望を抑えようとしているのに今にもタガが外れてしまいそうだった。

これまでの人生で、魅力的だと思う同性に会うことは何度かあった。自分の妄想の中でそういう彼らと肉体関係を持ったことはある。だが、現実においては高ぶりが理性に勝ることはなかった。自分の中でコントロールができていたこともあるが、相手が紀美原のように露骨にアプローチしてくることがなかったせいもあるだろう。

だが、紀美原はこれまでの誰とも違う。突出した美貌《びぼう》と魅惑的な肉体は修司の心を強烈に揺さぶるのだ。そして、彼は修司の耳元で甘く囁《ささや》く。

「どうです？　やりたくないですか？」

やりたくないわけがない。こらえきれなくなり、理性は簡単に崩壊した。修司は紀美原の体を抱き締めたままベッドに倒れ込んだ。唇を重ねると、赤い彼の唇は抵抗なく修司の舌を受け入れた。むしろ積極的にそれをからめとろうとする。淫らな感情はまるで噴き出すかのように修司の体を煽っていた。

前嶋を追うという目的がありながら、緊張の中でずっと車を走らせてきて、疲れた体はひどく飢えていた。これは男の本能で、疲れたときほど貪《むさぼ》りたくなる。そして、それはおそらく紀美原も同じなのだろう。

「ああ……っ。んんぁ……っ」

紀美原は修司の愛撫《あいぶ》にあのときと同じように甘い声を上げる。低すぎないが、それでもやっぱり男の声だ。身悶《みもだ》えながら漏れる少し押し殺した声が、修司の欲情を否応なしにかき乱す。そして、紀美原は与えられる愛撫に溺《おぼ》れているばかりではない。自らの手を伸ばして修司自身をやんわりと握り締めた。

「うく……っ」

人の手でそこに触れられるだけでも充分な刺激がある。それが紀美原の白い手で、目の前には彼の美しい顔があれば、その刺激は何倍にも増幅されるようだった。低く呻《うめ》けば紀美原は頬を緩める。彼がセックスを楽しんでいるとわかる。

修司は二十歳になるかならないかの頃にようやく自分の性的指向に気がついた。それ以前にも自分が男友達とは少し違っていることを感じてはいたが、女の子に夢中になれないのは理想とする人に出会えていないからか、単純に自分が晩生《おくて》だからだと思っていた。いや、そう思うようにしていただけだった。

その後も無駄なあがきをして女性とつき合い体も重ねてはみたものの、達するときには必ず頭の中で他の妄想をしていた。紀美原の場合はどうなのだろう。彼は今の性的指向に子どもの頃の経験が影響を及ぼしているのだろうか。それとも、彼もまたそういうふうに生まれてきたのだろうか。

「何を考えているんです？　まだ男を抱くことに抵抗があるんですか？　認めてしまえば楽になれますよ」

紀美原はそう言ったかと思うと、横たわる修司の体の上でゆっくりと顔を下ろしていく。そして、片手で握っていた修司自身に顔を近づけると、躊躇《ちゅうちょ》なくそこを口に含んだ。

「あっ、い、いや、それは……っ」

さすがにそれをさせるのはどうかと思った。くだらないこだわりなのかもしれないが、恋愛関係にあるならどんな行為も許されると思うのだが、自分たちのセックスは前回も今回もけっしてそういう感情からのものではない。

「いいから、黙って感じていてください。なんなら口で一度いかせてあげましょうか？」

赤い唇を濡らして言う紀美原の顔に背筋がゾクゾクと震えた。「婀娜《あだ》やか」という言葉を知っていても、それを体でこれほど衝撃的に感じたことはおそらく生まれて初めてだ。同時に、口でいかされるわけにはいかないという男としての意地があって、修司は紀美原の柔らかく明るい色の髪を片手でつかんだ。

自分の股間から引き離すと、少しばかり強引に体を入れ替えて彼の背をベッドに押しつけた。紀美原は一瞬だけ息を呑《の》み、すぐに口元をだらしなく緩めて修司を誘うように舌嘗めずりをしてみせた。あきらかに扇情的な振舞いで挑発している。

修司は彼の首筋から鎖骨、胸元、脇腹《わきばら》と唇を押し当て、やがて彼の股間に顔を埋《うず》めた。さっき自分にされたことをそっくりそのまま紀美原にしてやった。紀美原は修司と違い、まったく戸惑うこともなくその快感を楽しんでいた。

「ああ……っ、いいっ。気持ちがいい……っ。も、もっとして……」

甘えるような声に修司自身もまた張り詰めた。限界がくる前に彼の中に入りたい。そんな欲望から自然と彼の後ろの窄《すぼ》まりへと手が伸びた。すると、紀美原がバスルームから持ってきていたボディクリームの小さなボトルを修司の目の前に差し出す。

女性とは違いそこはきつく閉じられているから、潤滑《じゅんかつ》剤になるものがなければ傷つけてしまう。焦ってそのことを忘れそうになっていたが、ボディクリームを手に取ってから自分を落ち着かせようと小さく深呼吸をした。

「慣れてなくてまだ要領がつかめないが、辛《つら》かったら言ってくれ」

「大丈夫。この間だってなかなか上手だった。だから、あなたの指で解《ほぐ》してほしい。それで、その硬くて大きなものを入れて」

潤《うる》んだ目で熱い吐息とともに言う。紀美原の限界も近いと、彼の股間が訴えている。美しい男に相応《ふさわ》しいと感心するほど、彼の性器はきれいだ。そして、その先端から先走りが溢《あふ》れて零《こぼ》れ落ちる様は、淫らでいて触れずにはいられない気持ちにさせる。

ベッドサイドのチェストにはさっき買い物をしてきたコンビニの袋が置かれたままで、紀美原は愛撫を受けながらもそれに手を伸ばし中からコンドームの箱を取り出した。手の怪我《けが》の治療のためのテープや消毒薬の他にこんなものまで買っていたのかと驚いたが、紀美原は修司ともう一度体を重ねることをごく当たり前に考えていたのかもしれない。

彼にとってセックスはどういう意味があるのだろう。それ以前に、こうして修司と抱き合っているが、つき合っている恋人はいないのだろうか。

「ああ、もう。もう、入れてっ。後ろをいっぱいにして……っ」

「でも、まだきつそうなんだが……」

「それでもいい。待てそうにない。だから、早く……」

ベッドの上の彼は赤裸々で正直だ。修司も限界が近く、促されるままに準備を施した。その間に紀美原もまた手早く自分自身にコンドームをつけていた。ベッドを汚さないための配慮は、男同士で抱き合うときならではのことだった。当然のように、修司より紀美原はそういうことをよく理解している。

準備が整って、修司が自分自身を紀美原の窄まりに押し当てる。挿入しやすいように片方

の膝裏《ひざうら》を持ち上げると、彼の股間のすべてが晒《さら》される格好になった。この美しい男の隠された部分をあますところなく見て、そこへ怒張したものを突き刺し彼の体の中で脈打つ自分自身を感じる。これ以上の興奮と欲望を満たす術《すべ》があるだろうか。

「んふぁ……っ、んんっ、あっ」

紀美原の喘《あえ》ぎ声を聞きながら修司はゆっくりと先端を埋め込み、潤滑剤の力を借りて奥へ奥へと進んでいく。摩擦《まさつ》と圧迫があまりにも気持ちよくて、頭の中が真っ白になりそうなくらいだった。紀美原もまた快感に溶けそうな表情で、さらに淫らな喘ぎ声を漏らす。

「あっ、ああ……っ、いい。もっと、もっとして。もっとメチャクチャにしてっ」

もはや自分が何を口走っているのかわからなくなっているようだ。その姿が美しい以上に愛《いと》しいと思えたのは、まるで溺れそうになって必死にしがみついてくる子どものように見えたからかもしれない。

「ああ、もう、もう……、どうにかなりそうだ……っ。もうどうにでもして……」

髪を撫でてやりたい衝動から一瞬だけ動きを止めたけれど、紀美原がもっとほしいとねだるのでまたすぐに抜き差しを繰り返した。興奮が極まって意味のない言葉を口にしながら、彼の目が少し正気を失っているように見えた。あるいは、心がここではないどこかへ飛んでいっているかのようにも思えた。

それでも、しばらくすると彼はまた快感を貪る淫らな笑みとともに修司にしがみついてくる。修司もこの快感を最後まで味わいたかった。そして、紀美原が果てる姿をこの目で確認したかった。

抜き差しのスピードに二人の呼吸が重なり、ビジネスホテルの広くもない部屋に激しい息遣いだけが響く。高ぶりが最高潮に達した瞬間、修司が動きを止めて彼の中で己の精を吐き出す。紀美原もまた修司の手に握られている自分自身を解放して、コンドームの中に白濁を放った。

果てたあとの満足感と脱力感が同時に二人の体を包み込む。ベッドの上で弛緩《しかん》した体を重ね合い、呼吸が整うのを待ちながら修司は紀美原の髪を無意識のうちに撫でていた。紀美原もまたその手に自分の手を重ねて、深い吐息を漏らしている。

不思議な時間が二人の間に流れていた。これは愛ではないのに、肉体はこれまでに経験したことがないくらいの快感に満たされていた。やがて修司はさっきの愛しさにも似た不思議な感覚を思い出すと同時に、紀美原の本意がわからずいまさらのように困惑にとらわれる。

「あの、なんで……」

彼はまた修司と体を重ねようと思ったのか。疲れているときの本能だとしても、誰でもいいわけではないだろう。そして、彼の気持ちがわからないのと同じで、自分自身の気持ちもわからなくなっている。紀美原の美貌に心が騒がないわけはないが、それでもこうも簡単に自分の理性が崩《くず》れ落ちることはこれまでにはなかった。

「あなた、不思議な人だな。抱かれているといろいろなことを忘れてしまいそうになる。忘れたら駄目だと戒《いまし》めていることまでね。それって不安になるはずなのに、いやじゃないんだ。どうしてだろう？」

修司には紀美原の気だるい呟《つぶや》きの意味がわからず問い返してみたが、しばらくしても答えはなかった。気がつけば彼の呼吸はとても穏やかで、いつしか静かに寝息を立てていた。その安堵《あんど》しきった寝顔を見て、修司もまた重い瞼《まぶた》を閉じるのだった。

◆◆

「橋の多い町ですね」

紀美原が何気なく言った言葉に、修司は無言で頷《うなず》いた。大阪の中心地からこの地区を横切り、やがて海へと流れ込む大きな川にはいくつもの橋がかかっている。橋のこちらと向こうでは町の空気が違う。区画整理の進んだ駅前とは違い、どこか暗い雰囲気の漂う下町がそこにあった。そして、修司の隣に立つ紀美原もまたいつもの彼とはまるで雰囲気が違っていた。

駅前のコインパーキングに車を停めて目的の家へと向かう途中、修司は紀美原の姿を見て少し頬を緩める。

「その姿だと誰も刑事とは思わないだろうな」

冗談を言っている状況ではないが、思わずそう口にしてしまったのは紀美原の装いがあまりにも普段と違っているからだ。昨夜のうちに泊まっていたホテルの近くの繁華街で着替えを調達してきたのだが、その店はホストが出勤前に立ち寄る洋装店だったらしい。

ポロシャツにジーンズという修司の隣を歩いている彼は、黒っぽいスーツに開襟のシャツというスタイルだ。さすがにその格好で髪型だけを整える気にはなれなかったのか、今日は洗いっぱなしの髪を軽く耳にかけているだけで前髪が額《ひたい》にかかっている。そんなカジュアルなスタイルでもやさぐれたホスト崩れに見えないのは、紀美原の硬質な美貌と品ゆえのことだろう。

「刑事らしい格好をしていても、どうせ警視庁では浮いていますから」

涼しい顔で言うと、紀美原はさっさと橋を渡っていこうとする。片手には駅前のケーキ屋で買った菓子折りの入った紙袋を持っている。元木に教えられた住所に向かっているが、本当に前嶋がそこを訪ねていくかどうかはわからない。ただ、一週間の足止めの間に彼の行動範囲を考えれば、母親と同じ時期に中国から帰国した残留孤児の女性を訪ねる可能性は少なくないだろう。

いずれにしても、修司はその女性に会って前嶋に関するなんらかの情報を得られたらと思っていた。終戦時に大陸に残された日本人の子どもは、幼児から四、五歳になる人もいたという。なので、その女性も現在は七十を越える年齢になるはずだ。前嶋は日本で何か事件を起こしては大陸に戻るとき、必ず彼女に会いにきてからフェリーに乗っていたという情報がある。なので、彼女が今も健在ならば今回もここへ立ち寄ると思われた。

「こんなふうに堂々と会いにいっても大丈夫ですかね。前嶋が警戒を強めませんか？」

「俺たちの行動も奴には織り込み済みかもしれない。動かないよりは動いて、相手に揺さぶりをかけたほうがいいだろう」

修司が言うと、紀美原は日差しの強さに軽く眉《まゆ》をしかめながら肩を竦めてみせる。義姉が前嶋に襲われてからすでに一ヶ月が過ぎ、いつしか梅雨《つゆ》も明けて季節は真夏へと移り変わっていた。紀美原のように白い肌にはこの強烈な太陽は酷なものがあるのだろう。

橋を渡った先にある町は狭い路地が多く、まるで迷路のようだった。携帯電話のナビ機能を使っても何度か道を間違うほどで、ようやくその家の前に着いたときは橋を渡ってから二十分も過ぎていた。

「村上《むらかみ》という名前でしたよね。そこの表札がそうですよ」

紀美原がいち早くその家を見つけた。プラスチックプレートにマジックで「村上」と書かれた表札がベニアのドアの横の壁にかかっている。東京にも下町は残っているが、このエリアには都内とは違う独特の雰囲気がある。まるで日本ではないような空気感に呑み込まれそうになるが、紀美原と修司は臆《おく》することもない。

犯罪の現場に立ち会うとき、そこには往々にして異様な空気が流れているものだ。日常とは違う場に身を置くことがむしろ刑事やSATの日常で、それに比べればこの町の異質さはまだしも穏やかなものだった。

インターホンを探したが見当たらなかったのでドアをノックした。しばらく待ったが返事もないし、誰も出てくる気配はない。外出中なのか、あるいはすでに移住したか、もしくは年齢的に他界した可能性もある。近所で聞き込みをしたほうがいいだろうかと思ったそのときだった。古いドアが軋《きし》む音とともに開いて、中から腰の曲がった老女がゆっくりと顔を出した。

「はい、どちらさんですか?」

関西弁だが、その短い言葉にもわずかな外国人らしい訛《なま》りが聞き取れた。七十を過ぎているとはいえ、年齢以上に年老いて見えるのは苦労という言葉では足りない人生を歩んできたからだろう。

「村上さんですか? わたしは……」

「わたしたちは東京からきた雑誌社の者です。今度うちの雑誌で戦後特集を組むことになっていまして、帰国した残留孤児の皆さんのお話を記事にしたいと思い訪ねてまいりました」

修司の言葉を遮って紀美原が言いながら、ジャケットの内ポケットから名刺を出して渡す。

まるで最初から考えていたように流暢《りゅうちょう》に嘘《うそ》を口にする。紀美原は警察手帳を持っているのだから、それを提示して協力を仰いでもいいのだが、相手に警戒心を抱《いだ》かせるのは得策ではないと思ったのだろう。

「お時間は取らせません。立ち話程度でいいんです。ちょっと帰国したばかりの頃の話をうかがえますか？　それから、村上さんの他にもあの当時帰国されて、この界隈《かいわい》に暮らしていた方がいましたよね？」

「ええ、いましたよ。松木《まつき》さんと、それから前嶋さんやね」

「その前嶋さんについては何か覚えていらっしゃいますか？」

「あそこは奥さんがわたしと一緒に帰国しはって、あとから家族がきたけどもうみんな散りですわ。旦那《だんな》さんは言葉がでけへんからって大陸へ帰ってもうたし、娘は九州に嫁いでいったし、息子さんは東京へ行ってもうたしね」

そして、前嶋の母親は十年以上前に病気で他界しているという。

「じゃ、もうこの近所で残っているのは村上さんだけですか？　ご家族はご一緒ですか？　生活は大変じゃないですか？」

「うちは子どもがおらんかったからね。従兄弟《いとこ》らがきたけど、やっぱり言葉も生活も駄目やったんよ。それでみんな今は大陸にいてるし、こっちにはわたしだけなんよ。生活保護もあるし、なんとかやっていけてるからもう向こうへは戻らんつもりやけどね」

「そうですか。いろいろと大変だったでしょうね」

寂《さび》しそうに話す村上に気遣いを見せては帰国した直後の彼女の苦労話に相槌《あいづち》を打ち、紀美原は巧みに相手の気持ちを開かせていく。表情を読ませない美貌は今、見事な作り笑顔で親しみをかもし出している。案外器用なところもあるのだと感心していたが、そのとき紀美原が前嶋克文《かつふみ》のことを切り出した。

「それで、東京へ行ったという息子さんですが、近頃こちらに顔を出すようなことはありませんか？」

大胆な質問だが、紀美原が雑誌の記者だと信じている村上は特に疑う様子もなく、ちょっと考える素振りを見せた。そして、皺だらけの小さな手を軽く合わせて思い出したように言う。

「そうそう。三年前やったかしらねぇ。父親に会いに行くのに大阪から船に乗るんで、顔を見に立ち寄ってくれたんよ」

「彼は東京でお仕事をされているんですよね？」

「なんでも中国との貿易をやっている会社に勤めているとかで、父親に会いにいくのも出張のついでや言うてたね」

紀美原は修司と視線を合わせ、小さく頷いてみせる。それから村上に取材に応じてくれた礼を丁寧に言う。長らく独り暮らしの彼女は突然の来客が嬉《うれ》しかったらしく、笑顔でクッキーの紙袋を受け取っていた。

村上のところから駅前のコインパーキングへ戻る途中、修司は紀美原の聞き込みの手腕に素直に感心してそのことを言うと、彼はなんでもないことのように肩を竦めてみせる。

「男には意味もなく毛嫌いされることもありますが、この顔は女性には案外受けがいいんですよ」

確かに、同性として彼の美貌に目を奪われる者がいるのと同じだけ、妬《ねた》ましさからきつく当たる男もいるだろう。そして、女性なら年齢など関係なくこの美しさに惹《ひ》かれるのもわかる気がする。ただし、どんなに女性から好意を持たれても、彼にとってそれは聞き込みに役立つ程度のことらしい。

「それにしても、名刺まで用意していたとは驚いた」

菓子折りを買っていこうと言ったのも彼だが、まさかそこまで用意周到とは思わなかった。

「偶然ですよ。警視庁に出入りしている記者連中から集めた名刺の一枚がたまたま着てきたスーツのポケットに入っていたので、こういうこともあるかと思って着替えてからも持ってきただけです」

「いろいろと知恵が回るな」

「銃器を抱えて突入の訓練ばかりしている部隊と違い、刑事というのは対人スキルが求められるのでね」

ＳＡＴは武闘派と思われがちだが、実際は行動よりも作戦の段階が最も重要視される。過酷な状況に耐えられるよう肉体を訓練するのと同様に、さまざまな現場に対応するためのシミュレーションを机上で徹底的に行う。敵の心理を考えることも作戦を練るうえでは重要になる。

だが、直接的な対人スキルとなると、紀美原の言うように二の次になる場合が多いかもしれない。そして、それは民間の警備会社で要人の警護にあたる場合も同じだ。ときには警護対象者の感情を無視しても、その命を守らなければならないときがある。修司がそんなことを考えていると、横を歩いていた紀美原がチラリとこちらを見て、珍しく小さな笑い声を漏らした。

「ＳＡＴの多方面においての高い能力は承知していますよ。冗談のつもりでした。でも、気を悪くしたなら失礼」

「いや、事実だと思う。だが……」

「だが、なんです？」

夏の炎天下を歩いていても、紀美原は一人だけどこか涼しげだ。昨夜は彼の体を抱いて確かな体温ばかりか、この手のひらでしっとりとした汗にも触れた。疲れて体を寄せ合って眠り、夜中に目覚めるたびに彼の胸の鼓動をしっかりと感じていたのが不思議なくらいだった。

「君の場合、ああいう小器用な真似ができるとは思わなかった。過去の事件ではかなり強引な真似をしていたと聞いているし、人の感情より優先するものがあるのかと思っていた」

そのとき、二人はちょうど橋を渡っていて、紀美原がその中央あたりで足を止める。修司が振り返ると、彼はじっと下を流れる川を見つめていた。川面は黒に近い深い緑色で、夏の日差しを反射して鈍く光っている。

「あっ、すまない。そういう意味ではなくて……」

つい心で思ったままを口にしたが、自分の言葉がひどく無神経なものだったことに気づき修司は慌てて謝った。すると、紀美原は川面《かわも》に視線を落としたまま小さく首を横に振る。

「これでお互い様でしょう。ただ、わたしに関しては冗談になっていないんですけどね。事実、凶悪犯に向き合うと少々理性が働かなくなる傾向はあります。おそらく過去のトラウマでしょうね。表向きは克服したことになっていますが、そうでないことは自分自身が一番よくわかっています。人の感情について感覚が鈍いのも、一度感情を殺すことを覚えた癖が自分に対してだけでなく他人に対しても発動してしまうからだと思います。あくまでも自己分析ですがね」

そう言うと、紀美原は川に背を向けるように立つと鉄の欄干に両肘《ひじ》を乗せ、今度は遠くに浮かぶ入道雲を見上げる。彼の脳裏には何が思い浮かんでいるのだろう。修司は少し戻って紀美原のすぐ横に立つと、両手を欄干にかけて、さっき彼がしていたように流れる川に視線を落とす。

「君のことはやっぱりよくわからない。けれど、俺は君に教えられ、突きつけられた現実がある」

「男にしか性的興奮を得られないということですか?」

周囲に人がいないとはいえ、真昼間の路上で話すのに相応しい内容ではないだろう。けれど、あらためて向き合って話すことでもない気もした。自分たちの生活のある東京から離れ、容疑者を追うという非日常に身を置いていると、普段は深く考えることを避けている問題と向き合う気持ちになれるのかもしれない。

「自分がそういう性的指向であることはもうずいぶん前に認めていた。女性とつき合ったことも、同性とあえて性的な関係を持たずにいたのも、単に意地になっていただけだと思う。君を抱いて突きつけられた現実は別のことだ。俺がSATを除隊した本当の理由に気がついた」

それは紀美原にしても予期せぬ言葉だったのか、欄干にもたれていた体を少し起こした。

「どういう意味ですか?」

「俺はプライベートにおける欠落部分を、危険な任務に没頭することでごまかしてきたんだと思う。満たされていない自分を認めるのが怖かったんだろう。教官として落ち着いてしまうと、きっと自分の中にある欲求が暴発してしまうと思った。だから、民間でもいい。ヒリヒリする危険と緊張感の中に身を置いておきたかった」

「たかがセックスじゃないですか。同性愛者であることは、あなたにとってそんなに心地が悪い現実なんですか？」

紀美原が少し呆れたように言う。だが、声色も視線も本気で呆れているのではないとわかる。彼は理解して、なお修司に問うているのだ。

「そうなのかもしれない。だが、君の言うとおりだ。たかがセックスだし、恋愛するにしてもその形は様々で当然だ。兄夫婦のようになりたいという願望は、ないものねだりでしかなかったといまさらのように思う」

これは修司にとっての告白だ。群れをはぐれたくない狼《おおかみ》は、仲間のルールに従おうとする。けれど、どうしてもはぐれてしまい一匹狼になって孤独な放浪を強《し》いられるものもいる。修司はそうはなりたくなかったのだ。

「一匹狼は強いからなるんじゃない。しょせん群れから弾き出された寂しい存在だ」

修司の呟きに紀美原はいつもの感情の読み取れない顔になる。そのとき生温《なまぬる》い夏の風が橋の上を吹き抜けていき、二人の前髪を軽く乱していった。そして、紀美原が唐突にさっきの自分の言葉を否定する。

「嘘です。本当はたかがセックスじゃない。わたしはそれが厄介なことをよく知っている」

「どういう意味だ……？」

今度は修司が紀美原に問う番だった。

「言ったでしょう。十歳の頃の記憶が今でもわたしを縛っている。男がこの体を弄《もてあそ》び、わたしはそのおぞましさに耐え切れず一度感情を捨てました」

過酷な状況に置かれた者が、精神の均衡を保つために無意識に記憶を消したり、人格を分裂させたりすることはある。心理学的に自己防衛本能が引き起こす病理の一種だとされている。紀美原も拉致監禁状態で性的な虐待を受けたことにより、一度は感情表現を失ったのだ。

「カウンセリングによってほぼ通常の感覚を取り戻しましたが、犯罪者を見たときにあの男のイメージがフラッシュバックする。そうなると、理性の歯止めが外れそうになる。事実、何度か外れてやりすぎてしまいましたけどね」

刑事として現場に出ていたときの始末書の数は、そういう理由かららしい。そして、彼が抱えているトラウマはもう一つあった。

「あなたが長年抱えてきた性的指向に関する悩みですが、わたしもそれについて未《いま》だに自分で納得していないことがあります。これは先天的なものなのか、あるいはあの男に受けた虐待によって身についたものなのかということです」

その言葉にハッとして修司は紀美原の横顔を凝視した。

「言いたくなければいいんだが、つき合っている人はいるのか？　もし恋人がいるなら、その不適切な関係を持ってしまって申し訳ないというか……」

それは彼を抱きながら何度か脳裏に過ぎった疑問だった。けっしていい訳ではなく、どちらのときも彼のほうから積極的に関係を迫ってきたこともあり、修司は誘惑に抗えずに彼を抱いた。だが、彼は自らの性的指向について疑問を持ちながらも、今の自分を受け入れているのも事実だ。そういう難しい内面の葛藤《かっとう》まで包み込み、支えてくれる恋人がいるのなら、いつしか彼の心も救われると思ったのだ。

だが、紀美原はこのときばかりは声を上げて笑った。まるで最高におもしろい冗談を聞いたかのように空を見上げて笑ったかと思うと、俯《うつむ》いて声を押し殺し片手で自分の口元を塞《ふさ》いでいた。

「いるわけがない。体の関係だけなら不自由はしていませんけどね。そもそも、自分の感情のコントロールも難しければ、人の感情に関しても理解が欠落している人間なんですよ。こんな男に愛されたら、その人が気の毒ってものです」

「そんなことはないだろう。君を守ってあげたいと思う人はいると思う。いや、君が強い人間であることは否定しない。だとしても、容貌はとても美しいし、複雑だがその繊細さを愛しく思う人もいるんじゃないか？」

すると、紀美原は少し遠い目になって何かを思い出しているようだった。きっと彼を本気で求めた男はいたのだろう。それも一人や二人ではないと思う。けれど、紀美原は小さく首を横に振った。

「心のどこかが壊れている人間の面倒を見ろと言われたら、普通は逃げ出しますよ。わたし

だってわたしの面倒を見るのがときどきいやになる」

冗談っぽい口調で言うが、それはひどく悲しい言葉だった。少なくとも修司にはそう聞こえた。


村上を訪問してから今日も南港のフェリーポートに行き、チケット売り場で前嶋の写真を見せて彼が現れなかったか確認した。もちろんインターネットでチケットを購入した可能性もある。それについては、紀美原の警察手帳がものをいった。

とある事件の捜査だと告げると、前嶋の名前で予約が入っていないかはすぐに調べてくれた。もちろん中国名でも確認してもらったが、どちらの名前でも予約はなかった。

「偽名を使っている可能性はありませんかね？」

「入国審査もある。フェリーといっても国際便だ。偽名での乗船はできないはずだ」

だとすれば、出航日の数時間前に購入する可能性が高い。そこを待ち構えていればかなりの確率で前嶋を確保することができるだろうが、それは最後の手段ともいえる。そこで逃して乗船されてしまい、船が出航してしまえば手も足も出なくなるのだ。できれば、大阪に潜伏している間に身柄を確保したい。

フェリーポートをあとにして、その日は早めにホテルを探すことにした。できれば、数日間の連泊ができれば助かる。昨日のホテルからもう少し都心に近いオフィス街で、ビジネスホテルを見つけてはまずは電話をして空き室があるか確認した。

幸い、四軒目で部屋があると言われたのですぐにチェックインすることにした。ただ、そのビジネスホテルには専用駐車場がなく、利用券を発行するので歩いて五分程度のところにある有料駐車場に入れるように言われた。

ホテルを探している途中、紀美原が身の回りのものを調達するため昨夜よりはまともな店に立ち寄っていたので、ホテルに着いたのは午後の四時過ぎ。教えられた駐車場に車を停めたときには、あれほど晴れ渡っていた空が黒い雲に覆《おお》われていた。

昼間の入道雲が夏特有の夕立を呼んだようだ。だが、それは夕立というにはあまりにも激しすぎた。車を降りてわずか五分の道のりで、降り出した雨にかなり濡れてしまった。冷房の効いたホテルのエントランスに飛び込んだときは、二人して軽く身震いをするほどだった。

修司が名前を告げると、フロントマンがチェックインの用紙を差し出しながら部屋のタイプを確認する。

「シングルを二つ……」

修司がペンを片手に言いかけると、隣に立っていた紀美原がそれを遮ってツインがないかとたずねる。

「ございますよ。ツインでよろしいですか?」

「あっ、いや、でも……」

修司が困惑するのをよそに紀美原はさっさと鍵を受け取り、修司は慌てて書き込みを終えて彼のあとを追う。エレベーターに乗り込むなり、修司がちょっと困ったように紀美原を見た。

「どうしてツインなんだ?」

「どうしてツインじゃ駄目なんです?」

「どうしてって……」

これはあくまでも前嶋の身柄を確保し、兄夫婦の事件を解明して、自らの疑いを完全に晴らすことが目的の旅だ。紀美原も刑事として同じ目的で同行しているはずだが、どうも彼と一緒にいると修司の中で混乱が生じる。それはよくないことだと思うのに、もう一方ではこれこそがこの旅の真の目的ではないかと錯覚しそうになる。

東京で会っていたときの彼と、今の彼は少しばかり違って見える。間に合わせで買った洋服のせいではない。彼の過去が垣間見えるたびに、修司の中で紀美原という男との距離が縮まっていくのを感じていた。それは精神的な距離だけでなく、肉体的な距離もだった。

十階のツインルームに入ると、二人は持っていた荷物を床に放り出し、どちらかともなく手を伸ばして互いの体を抱き寄せようとする。紀美原よりも力の強い修司が、彼のほっそりとした体を強引にバスルーム横の壁に押しつけた。治りきらない傷を気遣いながらテープの貼られた手を握り、唇を重ねると雨に濡れて震えている体に互いの鼓動が伝わってくる。

「ああ……っ」

舌を絡め貪り続けたあと、ようやく唇が離れると紀美原の吐息が耳に届く。その声を聞きながら修司はまた困惑を深める。

(こんなことは間違っていないか？　自分たちはなぜ求め合っているんだ？)

自分は、初めて性欲を満たす方法と相手を見つけて夢中になっているのかもしれない。でも、紀美原はどうして修司を求めてくるのか、その真意がいまいちよくわからない。最初は修司が女性に興味を持てないという言葉の裏取りの意味があったのはわかる。昨夜はお互いに疲れていて捌《は》け口が必要だったのかもしれない。けれど、今はなぜこうして抱き合ってしまうのだろう。そして、どうして紀美原は拒むこともなく、その美しい体を修司に差し出してくるのだろう。

「君はどうして……」

「どうして、何？」

「俺に抱かれてもいいのか？」

「抱かれたくない相手に体を許すつもりはありませんよ」

ただ飢えているだけじゃないという意思があって、紀美原の言葉に修司は苦笑を漏らす。

考えてみればそのとおりだ。もし修司が力で強いても彼がそれを望んでいなければ、どんな手段を使ってでも阻止するだろう。愛ではないのに、抱き合っている。修司のこれまでの人生にはあり得ないことだった。けれど、肉体と心が乖離《かいり》した状態の不自然さをそれほど感じていないのが不思議だった。

「ああ、やっぱりいい。あなた、こんなにいいのに誰も抱かなかったなんてどうかしてる」

ベッドに上がればいつものように彼は淫らになることを厭《いと》わず、扇情的な態度で修司を翻《ほん》弄《ろう》する。修司のポロシャツを自分の手で剝《は》ぎ取りながら言う言葉には、自分の殻を破れずにいたことへの嫌味が含まれているとわかっていた。

さっさと割り切って同性と関係を持っていれば、修司の人生はいろいろな意味で違うものだったのかもしれない。あるいは、普通の男女の結婚とは違っても、心を許し合えるパートナーと出会い、満たされた人生を生きていたかもしれない。けれど、それを冷静に考えられるのもこうして紀美原を抱いたからこそのことだ。

紀美原という存在は修司の人生で初めて出会った異質で不可思議な存在だった。そのとき、これは運命なのだろうかと思った。そんな陳腐な言葉をこれまで考えこともなかった。世の中はどんなに複雑であっても、結局はなるようにしかならないということだろうか。

思えば、紀美原との出会いはけっして愉快なものではなかった。彼は修司を義姉の事件の容疑者として疑いの目で見ていた。刑事としては当然のことだが、彼の不遜《ふそん》で疑心に満ちた態度には苛立《いらだ》ちさえ感じていた。

それなのに、今はこうして行動をともにしている。彼は修司への疑いを捨ててもなお、前嶋を追うために関西まで同行してきた。普通ならそれはしない。警察という組織の中で、彼の行動がいかに規範を逸脱したものかは修司も元警察官としてわかっているつもりだ。

この旅が修司にとって辛く苦い過去を清算するためのものであるように、紀美原にとっても何か大きな意味があるのだろうか。人はどこで何をきっかけに自分を見失うのかわからない。けれど、それと同じように何をきっかけにして自分を取り戻すのかもまたわからないのだ。

人から見れば意味をなさない行動も、自分の中で整合性が取れればそれで新たな一歩を踏み出すことができる。もしかしたら、修司がそうであるように紀美原もまたその一歩を模索し続けていたのかもしれない。そして、この旅にその一歩があると考えたとしたら二人の探し求めているものに共通の救いはあるだろうか。

「ああっ、んんぁ、もっと。もっと強くして……っ。もっとほしい……っ」

飢えと渇きを満たし合うとき、二人の中で何かが共鳴しているような気がした。淫らに抱き合うほどにそれが響き合っていくのを感じる。

「どうしてだ。どうして君だったんだ……?」

修司は紀美原の体を貪りながらうわごとのようにたずねる。紀美原は淫らな喘ぎ声とともににあられもない姿を晒し、男に抱かれる欲望と苦悩を同時に味わっているのだろう。問いかけに答えは返ってこない。

そのとき、修司はふとこの美しい男をたまらなく愛しいと思った。弱くはないけれど脆《もろ》い。触れると切れそうに尖っているのに、こちらが傷つくのを恐れず触れてしまえばガラスのように壊れそうな気がする。彼の美しい体の中にあるのは痛みと孤独とトラウマ。それらが修司の中にあるよく似たものに呼応して、快感の合間にせつなさが揺れ動いているようだった。

◆
◆

セックスのあとの転寝《うたたね》から目覚めたとき、窓の外には暗闇《くらやみ》が広がり夕刻の激しい雨はすっかり止んでいた。ツインルームの片方のベッドで体を寄せ合っていたのは、エアコンの温度設定が低くて肌寒さを感じていたからだろう。紀美原はまだ眠ったまま体をシーツの中で丸めている。

修司はベッドサイドに置いた携帯電話を手にして、メールと電話の着信を確認する。母親からのメールは義姉の容態を知らせるもので、あれから特に変化はないそうだ。そして、元木からのメールが二本。一本はこちらのその後の様子をたずねるもので、もう一本は元木が新しく得た情報だった。

『近く大々的な薬物密輸の情報がある。前嶋の動きに注意されたし』

修司はすぐにベッドから下りると窓際まで行って元木に電話を入れる。もっと詳しく密輸の件について聞きたかった。多忙な元木なので電話しても留守電に繋がることが多いのだが、昨夜といい今日といいタイミングがよかったのか数回のコールですぐに彼が出た。

『そっちの首尾はどうだ？』

「前嶋が高校を卒業するまで住んでいた町に行ってきて昔の知人に会ってきましたが、三年前に顔を出したきりでした。中国行きのフェリーに乗り込む前に会いにいく可能性もあると思うので、時間が許すかぎり張り込もうかと思っています。ところで、メールの密輸の件について詳しく教えてもらえませんか？」

『それだよ。それ。今日の午後に情報屋の一人から得た話なんだが、どうやらかなり信憑《しんぴょう》性が高い。それでだ、前嶋はやっぱりそいつに一枚嚙《か》んでいるらしい。もちろん、バックは井澤組だ』

前嶋は井澤組から絶縁状を渡されてすでに業界とは無関係となっているが、それはあくまでも表向きのことだ。実際は、相変わらず組長の井澤の子飼いとして暗躍している。ただ、前嶋はどちらかといえば邪魔者を抹殺する鉄砲玉の役割だと考えていた。にもかかわらず、今度の密輸に関しては彼が中心となって動いているというのが元木の得た情報だった。

『関西に入ったのは中国行きのフェリーを利用するためだと単純に考えていたんだが、どうもそれだけが理由ではないみたいだな』

「関西で荷受をするということですか？」

『いや、俺のところに入っている情報ではすでに荷受は終わっているようだ』

いよいよまずいことになっている。新種の薬物が日本で出回るようになれば、社会的にも大問題だ。

「やっぱり北朝鮮ルートでしたか？」

十年ほど前までは北朝鮮ルートが圧倒的に多くて、荷受も日本海沖の船上で取り引きを行う「瀬取り」が一般的だった。だが、今回の薬物は昨今劇的に増えているアフリカからの密輸だという。北朝鮮からの密輸は今も少なくはないが、海上保安庁の取り締まりが厳しくなったことで数自体は減っている。それに代わってメジャーになっているのがアフリカルートなのだ。

『今回の新種も西アフリカあたりが仕出地だと言われている。荷受に利用したのは、中国地方か四国あたりの港だと思われる。比較的積荷の検査が甘いからな』

アフリカからだと東南アジアのどこかで中継されて日本に入ってくる。大阪近郊はアジアからのアクセスも多いし、東京よりはチェックが甘いのは事実だ。そして、大阪まで運び込めば最大のマーケットである東京へ流すルートは無数にあるということだ。

「ということは、前嶋は中継地点の関西で一仕事してから大陸に飛ぶという段取りですか」

『そういうことだろうな。死人に仕立ててまでも働かせるんだから、井澤も人使いが荒い。もっとも、前嶋もそれだけの報酬を得ているということだろう。地位や名前より金ということだな』

中国で家の一軒も建ち、四、五年は遊んでいられるくらいの報酬を受け取っているのだろう。どんな悪行もすべては生きていくためと、開き直る気持ちが前嶋にはあるのかもしれない。だが、この国で暮らす者には従わなければならないルールがある。法治国家であるかぎり、犯罪はけっして看過するわけにはいかないのだ。

「荷受を済ませているとすれば、保管場所が必要ですよね?」

『関西には井澤組が盃《さかずき》を交わしている組織もいくつかある。だが、そういう組を使うのはリスクが高いし、簡単に引き受けてくれる組があるとも思えない』

関西にも西日本を牛耳《ぎゅうじ》る大きな組織がある。井澤が手を組んでいるのはそういう系列から外れた小さな組だ。関西で派手な動きをすれば大手組織を敵に回し、警察にも簡単に潰される。そこまでのリスクを背負って井澤の商売に加担するのは、かなりの見返りがなければやれない。そして、井澤もまた新しい商売はあくまでも自分の組で仕切りたいはずだ。

だとしたら、どういう手段で荷受してどこに保管しておくつもりだろう。新種の薬物はこれまでのパウダー状のものとは違いカプセル状の錠剤になっている。カサが高いだけでなく、個人販売のためのボトル詰めをする作業場も必要だ。それだけ場所を取るとなれば個人の手には余ると思うが、そういうことを頼めるツテでも持っているのだろうか。

「こちらでもその線であたってみます。また何か情報があれば、メールか電話でお願いします」

そう言って窓辺で修司が元木との電話を切ったとき、背後に気配を感じて振り返る。

「元木という記者からですか？」

いつの間にか起きていた紀美原が修司のすぐそばに立っていた。さっき買ったばかりのジーンズを穿いているが、上半身は裸のままだ。その白い胸に自分がつけた口づけの痕があり、思わず視線を逸《そ》らしてしまいなんとも言えない気持ちになる。

「前嶋の情報が入った。例の薬物だが、すでに日本に入っているらしい」

修司が窓際のソファに座ると、コーヒーテーブルを挟んで紀美原も向かいのソファに腰かけた。そこで元木から得た情報を話して聞かせると、紀美原はしばらく考えて頷き言った。

「麻取からの情報とも合致しますね。確かに、例の薬物は昨今メジャーになりつつある西アフリカ仕出しのメタンフェタミン系のものでした」

その情報はこれまで紀美原の口から語られることのなかったものだ。今では一般人である修司に言えないこともあるのは理解していたのであえて追及はしなかったが、ここにきて彼はそれを伏せておく意味もないと判断したようだ。

「問題は日本に入ってきた薬物を、大阪のどこで保管しているかだ」

前嶋の動向とともに、兄が追っていた麻薬密輸を取り押さえることができればそれが一番望ましい。前嶋を確保したものの薬物が日本全国に流通してしまったら、兄が命をかけてまで事件を追った意味がなくなる。だが、前嶋の身柄の確保さえ思うように進んでいない状況で、それはあまりにも難しい現実だった。

「前嶋が東京での仕事を中途半端にしてでも大阪入りしたのは、要するに荷受の時期に合わせざるを得なかったからということですね」

あるいは、修司と紀美原を味方のいない大阪におびき出して始末しようという企みかと思ったが、どうやらそれは考えすぎだったようだ。井澤組と前嶋にとって重要なのは目の前の商売であり、警察や周辺を嗅ぎ回っている一般人など目障りなハエ程度にしか思っていなかったのだろう。腹立たしいことこの上ないが、だからといってこのまま奴らの手のひらの上で転がされているつもりはない。

コーヒーテーブルを挟んで考え込んでいた二人だが、夕食がまだだったことをいまさらのように思い出した。考え事が行き詰まったところでシャワーは後回しにして、二人は適当に身づくろいをすると大阪の街に出た。

繁華街はどこでも似たようなものだと思っていたが、やっぱり東京とは違う。酔った人々が行き交う街には東南アジア的な息吹がより強く感じられる。修司一人ならファストフードでもカウンターだけの定食屋でもいいのだが、紀美原が一緒だとそういう店に入るのもどうかと思った。夜の繁華街でビラを配ったり、呼び込みをしているホストにスカウトの声をかけられては鬱陶《うっとう》しそうに断わっていた紀美原は、そんな賑《にぎ》やかな道を避けるように適当な路地へ入ろうと修司を促す。

さすがに喰い道楽の街だけあって、細い路地にも居酒屋やビストロが軒を並べている。そのうちの一軒に洒落《しゃれ》た店構えだが表に出ているメニューの値段は手頃な割烹《かっぽう》があったので、二人してそこの暖簾《のれん》を潜《くぐ》った。

カウンターが中心の店だが、テーブル席も二つありそのどちらも空いている。込み入った話もあるので二人掛けのテーブルを使わせてもらうことにして、適当なお勧め料理を出してもらい冷酒を注文した。料理が揃って冷酒を一口呷《あお》ったところで修司がさっきの元木の話を続けた。

「早くに大阪入りしたのは、間違いなくここでブツを保管して関東に運ぶ手はずを整えるためだろう」

「次のフェリーの出航日までにそれを終らせてから大陸へ渡る算段だとして、残りはあと五日ですね」

「今のところ昔の知人のところに顔を出した様子はない。組織のほうで匿《かくま》われている可能性もあるな」

紀美原は警視庁のデータで井澤組と繋がりのある関西の組織をピックアップすることはできるという。

「どこにいつ奴が現れるかは賭《か》けですね。最後はフェリーポートで乗船前に身柄を押さえるしかないとして、前嶋が匿われている可能性のある組織をそれぞれ張り込むしかないでしょう」

「あとは村上さんのところに立ち寄る可能性も捨てられないな」

大陸に逃げ込まれれば手も足も出ないが、東京や大阪という大都市で一人の人間を探し出し身柄を確保するのもまた容易なことではない。前嶋は義姉の事件で重要参考人と考えられているものの、すでに死亡届けが出ているため指名手配にはなっていない。そのため、一般人の中では比較的自由に行動できる。張り込む範囲が広くなれば、個人的に追っている修司たちには不利だ。

「これは俺が自分に課した任務だと思っていた。けれど、こうなってみると君がいてくれてよかったと思う」

「刑事としての職務もありますが、今回の事件はわたし個人にとっても意味のあることなんです」

修司にとっては兄夫婦の復讐であり、自らにかかった疑いを完全に晴らすための追跡だ。

だが、紀美原にとってはどういう意味があるというのだろう。修司の問いかけに彼は少し間を置いて答えた。

「これは、わたしにとって解放への道筋です」

「例のトラウマからのか？」

紀美原は静かに頷いて冷酒のグラスを口に運ぶ。前嶋を追うことがどうして彼のトラウマからの解放に繋がるのか、修司には理解できなかった。すると、紀美原はテーブルに戻したグラスをじっと見つめ、とても落ち着いた声で語り出した。

「刑事になってこれまでいくつもの事件と向き合ってきました。凶悪犯を捕まえるたび、一つ一つ自分の中の傷が癒《いや》されていくような気持ちでいた。でも、それは錯覚にすぎないと気がつきました。二係の今の部署に異動になって、現場から離れてみてそう思った」

カウンセリングを受け二十年という年月が流れても、紀美原の中にある暗闇はけっして晴れることがない。

「でも、奇《く》しくもあなたがSATを除隊した本当の理由に気づいたように、今回の事件でわたしも久しぶりに現場に立ってみて気づいたことがあります。凶悪犯をいくら捕まえても、心の平穏を取り戻せないのはなぜなのか。それはわたしが一番嫌悪しているのがあの男ではなく、あの男を殺した自分自身だからです」

修司はハッとして紀美原を見てから、素早く周囲に視線をやった。店内に客はカウンターに五人ほど。板前と世間話をしているので、二人の会話は誰の耳にも届いていないようだった。

「自分自身から逃げ切ることはできないんですよ。わたしが怯《おび》えているのは自分が殺したあの男の影じゃない。わたしは追いつめられれば人を殺《あや》めることを選ぶ。そういう自分自身の中に潜んでいる狂気が何よりも怖いんです」

「だが、君のケースは完全なる被害者で、正当防衛としか言いようがない。まして未成年でその罪を問われることもない。やむを得ない判断で、むしろ勇気ある行動だったと思う」

「そうやって納得してみても、またどこかで狂気のスイッチが入るかもしれない。ずっとそれに怯えて生きるのにも疲れた。だから、もう一度現場に立ってみて、本当に自分の中の狂気をコントロールできるのかどうかを確かめたいと思った。前嶋はそのためのテストケースです」

そんな思いで修司に同行を決めたとは思いもしなかった。だが、修司には修司の戦いがあるように、紀美原にもまた彼の戦いがあるということだ。彼もまた群れをはぐれた狼なのかもしれない。そして、前嶋もまた井澤組という群れには交じりきれなかった一匹狼に違いない。

自分たちは街で生きる人狼だ。狼とは違い人狼は人狼《じんろう》を狩る。自分が自分自身として生きていくために必要なら、目の前に立ちはだかるものを狩るしかないのだ。

翌日から紀美原と修司は別行動で前嶋の潜んでいそうな場所、現れそうな場所に時間を決めて張り込みながら、それ以外の時間は麻薬密輸の情報の収集に努めた。

元木からのメールをチェックしたら、すぐに紀美原と連絡を取って情報を共有する。紀美原からも新しい情報が入るたびにメールが届く。

関西で井澤組とコネクションのある組織は「谷町興業《たにまちこうぎょう》」の看板を揚げている土木関係会社と、「コーエンファイナンス」という名称のサラ金会社だ。どちらも表向きは企業として営業しているが、その実業は反社会的組織としての活動がメインになっている。

谷町興業は井澤組の紹介で関東から流れてきた人間を現場仕事に送り込んだり、コーエンファイナンスでこげついた連中を僻地《へきち》の作業現場に放り込むのが主な業務内容だ。そして、コーエンファイナンスはその名前のとおりの町金で、違法な高利で金を貸している。

谷町興業は現場作業への派遣のため早朝から人の出入りがある。そこで、修司は朝から谷町興業を張り込み、紀美原には元木から得た密輸に関する情報の裏取りに当たってもらった。町金のコーエンファイナンスは午後からのほうが人が動くので紀美原が張り込みをして、修司は貸し倉庫など麻薬の保管に使われてそうな場所を当たって回った。

夜には村上の家の近くで一時間ばかり様子をうかがい、駅前や近所の商店街で前嶋の写真を持って聞き込みをする。二人して手分けをしてひたすら前嶋を探したが、三日間はまったく手がかりがつかめなかった。

紀美原の手の傷もほぼ塞がって、その日の夜もこの間の割烹で遅い夕食を取りながら互いの報告をしたが、目ぼしい情報は何もないままだった。明日も早朝から活動するので深酒はできないが、コップ一杯の冷酒は疲れた体には必要だった。

大阪に着いた翌日に何気なく入った店だが、値段も手頃で味もいいので二人とも気に入っていた。ホテルも中国人観光客が少し引けてきて、あの日から連泊利用している。ただし、ツインの部屋にいても毎晩抱き合っているわけではない。残された日数が少なく、今はそれどころではないと互いに理解している。

「ものはすでに日本に入っているはずだ。関西近県で荷受をしたとして、おそらく鳥取、島根、高知あたりの港から入った可能性は高いだろう」

「カプセルに加工されたものの保管場所と仕分けのための作業場が必要となれば、貸し倉庫あたりはいい線だと思ったんですけどね。他にツテでもあるんでしょうか？」

谷町興業とコーエンファイナンスには、揺さぶりのため警察のガサが入ると匿名でタレ込みの電話をしたが特に怪しげな動きはなかった。

「村上さんのところにもまだ現れてはいないしな」

近隣の聞き込みでも、前嶋らしき男を見たという情報はなかった。修司は酒のコップを握ったまま考え込んでいた。紀美原もその美貌に少し疲れの色を浮かべながら、オクラと茄子《なす》のたき合わせに箸《はし》を伸ばしている。だが、それを口に運ぶ前に彼が思いついたように言う。

「もう少し大胆に仕掛けてみますか？」

修司も箸を手にして、牛のタタキをつまみながら聞く。

「仕掛ける？　どうやって？　ガサ入れの情報にも特に動きはなかったんだぞ」

「前嶋が井澤組から受けている指示は、ブツの保管とそれらを関東へ運び込む手配でしょう。だが、谷町やコーエンは薬についてはいっさい関与していないから、ガサの情報が入ってもうろたえることもなかった。それでも、彼らは井澤組を通して前嶋の動きは把握している可能性は高いと思います」

「だから？」

「だから、谷町かコーエンファイナンスに乗り込んでいって一暴れしてみるのはどうかと……」

彼らの事務所に二人が乗り込んでいけば、よしんば前嶋の居場所を吐かせることはできなくても東京からの追っ手がきていると連絡くらいはいくだろう。そうなったとき、前嶋が焦りからなんらかの行動を起こす可能性もある。イチかバチかにはなるが、ニセのガサ入れ情報よりももっと大胆な揺さぶりをかけるということだ。

「だが、君は刑事とはいえ単独行動で、大阪府警からの応援は望めない。俺はもはや警察官ではない。特別な権限はいっさい持たない身だ」

組織の事務所に飛び込んでいくことに恐れはないが、下手《へた》に騒ぎを起こせば大阪府警に身柄を押さえられてこちらの身動きが取れなくなってしまう。修司が案じるのはむしろそのことだった。

「向こうも脛《すね》に傷を持つ身ですから、そう簡単には府警に泣きつかないとは思いますがね」

それは確かに一理ある。だが、その役割を紀美原にやらせるわけにはいかない。やるなら修司が単独でやろうと思っていた。ところが、それに対しても紀美原は異義を唱える。

「これでも一応警察手帳は持っていますから、わたしが行ったほうが効果もあるしトラブルも避けられるはずです。ここは任せてもらえませんか？　もちろん、あなたには万一に備えて援護をお願いしておきますよ」

「だが、前嶋はリスクを承知で動くだろうか？」

「それはわかりません。でも、このままではフェリーポートでの一発勝負になる。警視庁と府警の応援が期待できない状況で、それに賭けるのはあまりにも不利です。そして、船に乗り込まれたらもはや我々の手が及ぶところではありません」

中国籍の船だけに、日本の警察であっても船内を探し回る権限はない。それをしようと思うととんでもなく面倒な手続きが必要で、なおかつすでに戸籍上死亡している人物を探すなどという理由がまかり通るはずもない。乗船の直前に取り押さえることが難しいことは紀美原の言うとおりで、修司も充分に承知していることだった。

「それに、きっと焦っているのは前嶋も同じでしょう。残りわずかな時間で運び込みまでの段取りをしなければならない。邪魔者が追ってきていると知ったら、一刻も早くブツを動かしてしまおうとするはずだ」

とりあえずこの場では納得したものの、その夜にホテルに戻って紀美原がシャワーを浴びている間に元木に電話を入れてみた。自分で判断がつかないことを彼に聞いてどうしようというわけでもなかったが、冷静な第三者のアドバイスはいつでも耳を傾ける価値はある。

『ちょうど電話しようと思っていたところだ。ちょっと気になることがあるんだ』

修司が問う前に元木からそんな言葉が出て、耳を傾けないわけがなかった。そして、それは前嶋追跡に行き詰まりを感じていた修司にとって、頭の中をリセットして情報を組み立て直すヒントになった。

『残留孤児として帰国した人がいるだろう。前嶋の母親と一緒に帰国して、大阪で暮らしている人だ』

村上のことならすでに訪ねていって情報を得ているし、あれから毎晩のように張り込みしている。だが、前嶋が姿を現すことは今のところない。修司がそのことを話すと、元木は自分の得た情報からいろいろと疑問に思うことがあったらしい。

『本当にその婆《ばあ》さんは無関係か？　前嶋が大阪で頼っていくとすれば、井澤組の関係じゃないかもしれん。おそらく残留孤児として帰国した人たちのコミュニティみたいなものがあって、多分そこの誰かと連絡を取っていると思われる』

「しかし、彼女はもう七十を越えていて、とてもそういう意味で前嶋に協力ができるとは思えませんし、あの地域にはもう村上さん以外にはいないという話でしたが……」

『おかしいな。だったら、彼女の息子や娘ならどうだ。前嶋とはよく似た年齢じゃないか？』

だが、村上には子どもはいなかったはず。さらに、いっとき彼女を頼って日本にきた従兄弟らも、言葉や生活の問題で大陸に戻ったと言っていた。

『そうか。どうにも腑に落ちないが、他にもコネクションがあるということかもしれんな』

とりあえず元木の情報は頭に入れておくとして、こちらでは薬物の保管場所を探りながら前嶋をおびき出す方法を考えていることを伝えた。元木はそれについて半ばやむを得ないかもしれないと言いながらも、くれぐれも気をつけて無理はするなと忠告する。

『庸一と彩香《あやか》さんのことがあって、おまえにまで万一のことがあってみろ。大上の家はどうなるんだ。両親のことを考えて無茶はするなよ』

修司が任務で負傷したときも両親にはずいぶんと心配をかけてしまった。危険に飛び込んでいくことで修司は自分の中で消化しきれないものをぶつけ発散していたが、それによって両親に与えてきた心労は小さくはなかっただろう。元木の言葉を深く受けとめて、修司は電話を切った。そして、紀美原がシャワーを浴びている微かな水音を聞きながら、部屋の窓からネオンが輝く大阪の町並みを見下ろしていた。

(帰国した残留孤児のコミュニティか……)

それも二十数年の年月ですっかり散り散りになってしまったと村上は言っていた。だが、次の瞬間に修司は彼女の言葉を思い出していた。それは紀美原が雑誌の記者を装って、この界隈に他にも同じような境遇の人がいないかと質問していたときのことだ。

『ええ、いましたよ。松木さんと、それから前嶋さんやね』

その瞬間、修司の頭の中で何かが音を立てた。まったく意識していなかったものが、いきなり思考の一番手前に浮き出てきたような感じだ。

(そうだっ。彼女はそう言ったんだっ)

心の中でそう叫んだとき、ちょうど紀美原がシャワーを終えてバスルームから出てきた。修司はベッドサイドのチェストに埋め込まれたデジタル時計を見てから、携帯電話と財布をジーンズのポケットに押し込む。

「どうしたんですか?」

「ちょっと村上さんのところへ行ってくる」

「こんな時間から張り込みですか?」

「いや、彼女に確認したいことがある」

時刻は十時を回っている。人を訪問する時間でないことはわかっている。だが、どうしても聞かなければならないことがあるのだ。

「ちょっと待ってください。一緒に行きます」

一分一秒が惜しかったが、紀美原は濡れたままの髪も構わずすぐにジーンズとシャツを羽織ったかと思うと、修司よりも先に部屋を飛び出した。夕食のときに一杯飲んでしまったので車は使えない。ホテルの前でタクシーを拾うと村上の住所を告げる。車が夜の町を走り抜ける間に、後部座席で修司は元木からの情報を紀美原に伝えた。

「なるほど。確かに、それはうっかりしていたかもしれない。前嶋のことに気を取られすぎていたようです」

「考えてみれば、前嶋と井澤組の関係も案外微妙なものがあるのかもしれない。奴は井澤に拾われて恩義に感じて組のために働いてきたといはいえ、幹部には取り立ててもらうこともなく、あくまでも井澤個人の子飼いとして使われていたんだ」

「どこまで組織に忠誠心があるかは疑問ですね。だとすれば、谷町やコーエンファイナンスのような井澤の息のかかった連中の世話になるよりは、気心の知れた同胞を頼る可能性が高い」

「異国にいて苦労した者ほど、信じるのは母国の同胞だろう。そういう意味で、前嶋は国籍どおり中国人ということだ」

そんな話をしているうちに、タクシーは村上の暮らす下町までやってきていた。平日の夜の遅い時間なので道がそんなに混んでいなかったのが幸いだった。あの橋のあたりでタクシーを降りたときは、十時半を少し回ったところだった。

下町の入り組んだ道を走り村上の住む長屋にきたところで窓を見たら、すでに電気は消えている。老人は往々にして早寝で早起きだ。おそらくとっくに寝床に入っているのだろう。申し訳ないとは思ったが、修司たちには時間がなかった。

「すみません。夜分恐れ入ります。村上さん、いらっしゃいますか？」

ドアをノックして修司が声をかけた。もちろん返事はない。それでも根気よくドアをノックしていると、しばらくして窓から明かりが漏れるのが見えた。修司は紀美原と顔を見合わせてから小さく頷いた。

「あれ、あんたらこの間の人らやないの。なんですの、こんな遅くに」

ドアがゆっくり開いて、こちらを見るなり驚きながらも近所を気にして小声で言う。迷惑そうな様子はもっともだ。修司と紀美原は恐縮して何度も頭を下げながらも彼女に聞いた。

「実は、もう一人の残留孤児で帰国後このあたりで暮らしていたという松木さんのことについてうかがいたいんです。何かご存じではありませんか？　松木さんのお子さんがいらしたら、その人がどこにいるのかもご存じならぜひ教えていただきたいんです」

修司が真剣な顔で問いかけると、村上は少し眠そうな顔で寝間着の胸元を片手で押さえながらも、思い出しつつ松木一家の話を語り出したのだった。

◆◆

南港のフェリーポートは大阪のＳ区にあり、修司たちも何度か足を運んでいた。そこから内陸へと広がる地域は北に木津川、南には大和川が流れる歪《いびつ》な三角地帯になっている。

「灯台もと暗しってやつですね」

紀美原が助手席で言った。まさにそのとおりで、昨夜のうちに村上のところから再度拾ったタクシーで松木が経営する会社のある場所まできていささか脱力感を覚えたくらいだ。そして、今日になって朝一で、今度は修司が車を運転してやってきたが、海辺に近づくにつれ倉庫や工場がひしめき合うエリアになっていく。

「松木寛司《まつきかんじ》の息子が貿易会社をやっていたとはな。いかにもありそうな話なのに、考えつかなかったとはしくじった」

おそらく、これまでもこのルートで井澤組にいろいろと違法なものを流してきていたであろうことは想像に難くない。松木の会社では中国からの直輸入品として景徳鎮《けいとくちん》の茶器や食器、中華料理の食材など缶詰やレトルトのものを中心に扱い、それらを日本全国の中華料理店に向けて配送で販売している。事務所は六階建ての雑居ビルの二階と三階に『松瑛貿易公司《しょうえいぼうえきこうし》』の看板が上がっていたが、外から見たかぎりそれほど広いスペースとは思えない。おそらく中国から輸入したものはどこか近くに倉庫でも借りていて、そこで保管して全国発送の手配をしているのだろう。

まだ事務所に人がくる前に到着して、コインパーキングに車を停めると徒歩で近隣を見て回った。港のほうへ歩いていくと倉庫街があり、それを順番に見ていくと思ったとおり社名がペイントされたシャッターがあった。

「ここなら段ボールの十や二十は他の商品と一緒に放り込んでおけますね。毎日のように全国の客に宅配便で商品の発送もしている。小分けにして関東の井澤組にも適当な商品と一緒に送ってしまえば、特に警戒されることもないでしょうしね」

下手に自分たちが車や公共の交通機関で運ぶよりも、よっぽど確実で安全と言える。国際宅急便は荷物の検査や違法輸入品のチェックも厳しいが、国内便に関してはほとんどといっていいほどない。よほど確かなタレ込みがないかぎり警察の手が入ることもない。

「本来なら中卸の役割だが、松木はあくまでも前嶋との古い仲ということで一時預かり場所を提供しているんだろう。いくばくかの手数料はもらっているだろうが、ブツの危険性を把握しているのかどうかも怪しいものだな」

「そのあたりのことは前嶋を捕まえてから絞り上げて全部吐かせてやりますよ。松木が承知のうえで手を貸していたなら、麻薬取締法違反で即しょっぴくだけです」

紀美原の言うとおりだった。まずは前嶋の身柄を確保して、すぐにこの倉庫にガサが入れば、危険な薬物も一網打尽にできるだろう。ただ、その前嶋がどこにいるかがまだわからない。荷物とともに松木に匿われている可能性もあるというだけなのだ。

「事務所と倉庫で張り込みますか？」

松木の自宅にいるとしても、中国行きのフェリーに乗り込む前には薬物の確認と配送の手配などで事務所か倉庫に一度は顔を出すだろう。そこを押さえるのが一番確実で、実際それしかない。そして、そのための日にちはもう残されていない。今日は木曜日で、明日の昼にはフェリーが出航する。紀美原の言うように、前嶋が現れる可能性が高い事務所と倉庫で張り込むしかないだろう。そうは思っていたが、修司が紀美原を見て小さく苦笑を漏らした。

「なんですか？」

怪訝そうな顔で修司に聞くので、つい彼の姿に人差し指を向けてしまった。

「張り込みをするには目立つだろう。君は車で倉庫のそばに待機してくれ。俺は事務所のほうを張り込むことにする」

倉庫の近くなら路上駐車していても問題がない。人目を引く紀美原の容姿でも、車の中にいれば目立つこともない。そして、体は大きくても紀美原より地味な印象の修司のほうが事務所近辺を張り込めばいい。

「そんなに目立ちますか？　どこにでもいそうな、ありきたりなスタイルだと思いますけど」

「服装はそうでも、君の容姿はあまりにも突出している。とても美しいのは認めるが、張り込みには不向きだ。自分でもわかっているだろう」

ホストクラブ御用達の店で調達した服ではなく、今日はジーンズにカジュアルなシャツに夏物の麻のジャケットを羽織っている。主だった町には必ずある日本のファストファッションの店で買ってきたものらしいが、要するにモデルがよすぎるということだ。

だが、それだけではない。よけいな世話だと言われるかもしれないが、白い肌の彼を炎天下に立たせたくはなかったのだ。彼が辛いだろうという気遣いではなく、むしろ修司自身が彼の美しい肌を日差しで焼くことに不満を感じていたということだ。

本当は彼の左手の甲の傷痕も残念に思っている。きれいなものをきれいなままにしておきたい。それは誰の心にもある、ごく単純で素直な気持ちだと思う。もっとも、それを紀美原が有り難がるとは思わなかったので、彼の目立つ容姿を理由に使っただけのことだ。

「事務所と倉庫なら近い距離ですから、途中で交代して張り込めばいいでしょう」

食事は一日くらい抜いても問題ないが、生理現象はそうもいかない。この時期は車外や車内に問わず水分補給も重要になる。必要に応じて連絡を取り合うということでそれぞれが配置についたが、そう長く辛抱を強いられることもなく事態が動いた。

修司は近くのコンビニで買ってきたミネラルウォーターのペットボトルとスポーツ新聞を片手に、事務所の入った雑居ビルの入り口が見える公園のベンチで張り込みを始めたが、わずかに一時間ほどで紀美原から連絡が入る。

『前嶋らしき男が現れました』

携帯電話の向こうから聞こえる紀美原の声が張り詰めている。修司もにわかに緊張して問い返す。

「一人か？　井澤組の関係者が一緒か？」

人数がいれば紀美原と修司の二人では分が悪い。それは戦いに対する恐れや怯えなどではない。とにかく、前嶋の身柄を確保することが最重要事項であり、揉《も》め事を起こして逃げられここまでやってきた苦労が水の泡となることを案じているのだ。

『前嶋の他に五名ほどです。数名は井澤組の者かと思われます。残りは松木本人と従業員でしょう。ブツの確認と関東へ配送する段取りのために集まっている可能性はありますね』

その状況では、たとえ修司が紀美原に合流しても倉庫に飛び込んでいくことはできないだろう。タイミングを間違えれば前嶋を逃し、井澤組の連中はすぐさま姿をくらまし、松木は預かったブツをどこかへ移動して証拠を隠滅してしまう。そして、前嶋が明日のフェリーに乗船してしまえば、もはや証拠となるブツも人間も目の前から全部消え失《う》せるという最悪の事態を招くことになるのだ。

慎重にならざるを得ないが、だからといって二の足を踏んでばかりいれば連中にしてやられてしまう。紀美原は刑事とはいえ修司は一般人でしかなくて、そんな二人で立ち向かうには連中はしたたかな反社会的組織の力を得た厄介な存在だ。

(どうすればいい？　どうしたらいいんだ……っ？)

修司の迷いを断ち切るように、紀美原が彼らしくもない焦った声で言った。

『前嶋が動きました。追いかけます』

「ちょっと待てっ。おい、紀美原……っ」

名前を呼んだけれど電話は切れた。修司は急いで公園から飛び出し、港に向かって駆け出した。一人で前嶋を追わせるのは危険だ。紀美原は現役の刑事で、武術の心得もある。だが、相手は人数もいるし、拳銃《けんじゅう》やナイフなどの凶器を所持している可能性が高い。

素人《しろうと》が得物を持っているのはそれほど恐れることもない。訓練を積んだ刑事やSATの隊員からすれば子どもが分不相応な武器を振り回しているようなもので、簡単に叩《たた》き落とすこともできるし、その身柄を地面にねじ伏せる術も知っている。

だが、前嶋のような男はそうはいかない。実践で人を殺めることを覚えている。自分が殺されたくなければ迷わず相手を攻撃して動きを封じる、もしくは息の根を止めるしかないということを知っている。躊躇なく突きつけられる凶器には、訓練では避けきれない鋭さが秘められているのだ。

（頼むから、無茶はしないでくれ……っ）

祈るような気持ちで修司は港の近くの倉庫へと走っていく。こういうときには力一杯踏ん張ることができない左足がもどかしくなる。普段は何も不自由を感じることもないくらい回復したものの、一瞬を争うときには自分は役立たずなのだと思い知らされる。

それでも、紀美原に無茶をさせるわけにはいかない。それだけの思いで修司は足の限界さえ忘れて懸命に走った。倉庫近くの道まできて、修司の車が路上に停められたままであることを確認した。もちろん、車内に紀美原の姿はない。

（どこだっ？　どこへ行ったんだっ）

心の中で叫びながら周囲を見回した。松木の借りている倉庫のシャッターは半分下りた状態で、そこへそっと歩み寄ったものの中からは人の気配は感じられない。倉庫は二階建てになっている。上の階に誰かがいる可能性もある。

修司はその場にしゃがみ込んでジーンズの裾《すそ》をめくり、靴下の内側にベルトで縛りつけていたアーミーナイフを手に取った。低い姿勢のままシャッターを潜って周囲に視線を配る。しんと静まりかえった倉庫の中には、棚にズラリと木箱や段ボールが並んでいる。それらからは中華食材独特の漢方薬っぽい匂《にお》いが漂っていた。食器や茶器の入った段ボールは口の開いた状態で床に無秩序に置かれている。

それらに足をぶつけて音を立てることのないよう注意をしながら、ナイフを持った手を背後に隠し二階へと続く簡易な鉄階段を登っていく。足音を立てないのはＳＡＴ時代にも徹底して覚えたスキルだ。ヘビィデューティーのワークブーツの底面は、そのための軽くて丈夫な特殊素材でできている。

階段を一段ずつ上がるたび、修司の胸の動悸《どうき》が激しくなっていく。だが、それを呼吸法で抑える術も知っている。深く長い息で脳に充分な酸素を送り込む。これで呼吸も整い、頭の中も冷静になれる。階段の一番上の段で一度動きを止め、体をそばの壁に押しつけて背後を守りながら二階の倉庫内を見渡す。

（正面ヨシ、右、左ヨシ……）

目視しながら心の中で進入の基本を踏まえて進む。あとは上と下の確認だ。場所によっては天井部分に身を潜めることができる場合もあるし、ベッドやデスクの下に敵が潜んでいることもあるからだ。だが、そのどちらにも人はいない。

一歩踏み込んだところで素早く振り返り、死角になっていた階段横のスペースを見る。そこでガサッという物音がして、咄嗟《とっさ》に背後に隠していたナイフを出して身構えた。

「ひぃ……っ」

小さな悲鳴が聞こえて、見ればそこには小柄な年配の男性が目を見開いてその場で固まっていた。

「だ、誰だ、あんた？」

震える声で問われて、修司はすぐにナイフを後ろに回してジーンズの腰の部分に差し込んだ。松木の会社の従業員なのだろう。彼に戦闘の意思がないことはすぐに見て取れたので、両手のひらを前に差し出して危害を加えるつもりはないと説明した。

「申し訳ない。知り合いがこちらにきていると聞いた。さっきまでいた連中がどこへ行ったか知らないか？」

物騒な男が飛び込んできたので驚いたようだが、松木や前嶋たちのことをたずねたことでかえって仲間だと思われたようだ。男はちょっと安堵したように人のよさそうな笑みとともにコクコクと頷いて、外に向かって指差した。

「社長とお客さんなら港へ行ったよ。荷受した荷物の配送準備とかでね」

「それはどこだ？」

「港の第三倉庫の横にあるレンタルコンテナのところだよ。ここの倉庫ももういっぱいでね。新しい倉庫を借りるまでレンタルコンテナに荷受したばかりのものを放り込んでいるんだ。毎週木曜日には山ほど荷が入るから、もうここじゃまかないきれないんだよ」

従業員の男はこの倉庫の整理を担当しているのだろうが、入ってくる商品の量が雇われている従業員の許容量を完全に超えていると不満を口にしていた。

修司はすぐに階段を下りて再びシャッターを潜り、男の言っていた港の第三倉庫を目指した。おそらく紀美原はそこへ向かった連中を追っていったのだろう。炎天下で数メートル走ったたけで汗が噴き出し、額から流れ落ちる。

それでも、修司は足の不自由さも忘れて港へと駆けていった。前嶋の身柄を押さえたい。その思いは強い。だが、懸命に走りながら感じているのは、もう一つの別の思い。紀美原が無事でいてくれと祈る気持ちに体が突き動かされていた。

教えられた港のコンテナまでやってきて、周囲を見回す。レンタルコンテナの並ぶ中、ゆっくりと一つ一つの列を確認していく。どのコンテナも閉じられていて人の気配はない。紀美原の姿も見当たらない。

(どこだ？　どこに行ったんだ……っ？)

まさか前嶋らに見つかって、なんらかの危害を加えられたということはないだろうか。そのとき、修司の脳裏に訪ねていった家のリビングでぐったりと力なく倒れていた義姉の姿が浮かんだ。もし紀美原まであんなことになったらと思うと、今にも叫び出したくなるほど心が乱れていた。

どんなに落ち着いて冷静に現状を判断しようとしても、最悪の事態を想像してしまう。この広い港のどこかに紀美原の体が横たわっていたらと思うと、義姉のときと同じように修司は自分の力で守りきれなかったことを心から悔やむことになる。

自分にとって大切に思う人がこれ以上傷ついてほしくはない。それくらいないなら、自分が傷ついたほうがまだしも心が楽だ。そう思ってコンテナの間を走り回っていると、すぐ近くでジャリと小さな靴音がした。誰かがアスファルトの地面を歩いてくる足音だ。

修司の耳はいい。ＳＡＴの隊員は五感を研ぎ澄ますよう訓練をしているが、人によって視覚、聴覚、嗅覚《きゅうかく》などより鋭く鍛えられる感覚は様々だ。修司の場合はとりわけ聴覚が敏感で、敵の動きをそれで察知したこともたびたびあった。

今も微かな足音を耳にして、機敏に体をコンテナの陰へと潜めて身構える。前嶋なら迷わず取り押さえるしかない。他の誰かなら様子見だと算段を立てて、じっと息を殺してその姿が現れるのを待った。

（誰だっ？　前嶋かっ？　それとも……）

修司は片手を背中に回し、ジーンズの腰に差しておいたアーミーナイフにもう一度手をかける。もう額を流れる汗の感覚さえもわからない。ただ、その瞬間を待つだけだった。

こういうときは数を数える。一からゆっくりと数えて、姿を見えた瞬間の数字を心の中で叫んで敵に襲いかかる。いくつ数えるか数字に意味はない。ただタイミングを計り、迷いを取り除くために効果があると経験から知っていた。

（……五、六、七、八……っ）

黒い影がコンテナの角を曲がって出てきて、修司はナイフを振りかざしながら自分も身を躍らせて出たところでハッと息を呑んだ。

「大上さん……」

「き、君か……っ」
それは紀美原で、彼は修司がナイフを振りかざしているのを見て一瞬だけ目を剝《む》いていた。
だが、すぐに苦笑を漏らして言う。
「そのナイフで刺されたら、場所によっては致命傷だ。それに、そもそも銃刀法違反ですよ」
見たところどこも怪我はしていないようだ。修司は安堵とともにナイフを下ろして、また
ジーンズの腰に差す。そして、無言のまま目の前の紀美原まで歩み寄り、思わず彼の体を抱
き締めた。紀美原は修司の思いがけない行動に驚きながらも、あくまでも冷静な口調でたず
ねる。
「これはなんの真似ですか？」
「無事でよかった……」
「何を言っているんですか？　無事にきまっていますよ」
自分が無茶をするんじゃないかと疑われていたことを心外に思っているのだろう。どこか
呆《あき》れた様子だった。いつもと変わらない涼しい顔だが、修司にしてみれば彼の無事な姿を見
てどれほど安堵したかわからない。以前の現場でたびたび暴走したように、ここでも紀美原
が過去のトラウマから心の歯止めを失うのではないかと案じたのだ。
「相手は人数がいたんだ。一人で追うなんて無茶はするな」
「多勢に無勢で飛び込んでいって無駄死にするつもりはありませんよ。そこまで無鉄砲なわ

けじゃない」

「それでも、君に万一のことがあったらと思うと、居ても立っていられなかったんだ」

そんなことを口走っている自分自身がわからなかった。どうしてこんなにも感情のコントロールができなくなっているのだろう。そして、彼の無事を確認して、声を聞いてもまだこの体を手放したくはなかった。

「あなたこそ落ち着いてください。いったいどうしたんですか？　わたしは刑事ですよ。意味のない無茶や無謀はしないにしても、犯罪者を取り締まるのが職務ですから、ある程度の危険は承知のうえですよ」

「だからといって、間違っても命を落とすような真似はしないでくれ。そんなことは絶対に駄目だからなっ」

「大上さん……」

ひどく真剣な修司の態度に、紀美原はすっかり答えに困っているようだった。けれど、修司もまた自分の行動に困惑しているのだ。やがて大きく深呼吸をすると、ようやく我にかえったように彼の体を自分の胸から解放した。

「す、すまない。ちょっと義姉のことを思い出したんだ。君の身にまで何かあったらと思うと、俺は……」

わけのわからない焦りと不安から語気を強めてしまったが、落ち着きを取り戻すとともにいい訳めいたことを口にしてしまう。紀美原もまたなんとも言えない表情で、修司の言葉に曖昧《あいまい》に頷いてみせる。

(俺は、何を言っているんだ……)

心の中で呟くと、気まずさをごまかすように修司はさっさときびすを返して車のほうへ戻ろうとした。東京にいたとき、紀美原と修司は敵対する関係でもあった。犯罪を取り締まる立場の人間と犯行を疑われる立場の人間としてだ。だが、一緒に大阪にやってきて二人の関係は変わったと思う。二度、三度と体を重ねたという意味だけではない。自分たちは同じ容疑者を追うパートナーとなったのだ。

紀美原は修司をどう考えているのかわからないが、修司にとって紀美原は大切な協力者だ。そして、それ以上の存在でもある。言葉で説明するのは難しいが、なぜかそんなふうに感じているのだ。そのとき、紀美原が先を歩いていく修司の前に回り込み足を止めた。再び向き合って立つと、彼は修司の胸にそっと手のひらを当ててたずねる。

「わたしに万一のことがあったら、あなたはどうするんですか?」

けっして茶化しているわけでも、からかっているわけでもないとわかる。こうやって彼の手をこの胸に押し当てられたことは以前にもあった。その仕草はとても自然なのだが、まるで手のひらから胸の内を読まれそうな気がして落ち着かない気持ちになる。

「よくわからないが、ただ君を失いたくないと思った。そんなことになったら、とても悲しいと……」

義姉だってそうだった。兄だってもちろんそうだ。けれど、身内に対する思いとは違う。紀美原への思いはもっと曖昧でいてもっと複雑で、言葉にはならない感情があるのだ。そんな修司の顔を紀美原は黙って見上げている。

感情を読み取れない表情で淡々とした物言いをする男だと思っていた。けれど、一緒に前嶋を追う旅に出てからというもの、まるで作り物の仮面のように端正な彼の顔にも様々な笑みや怒り、そして戸惑いが浮かぶのを見てきた。そんな紀美原が修司の答えを聞いて、今までに見たこともない表情を浮かべていた。

「そうですか……」

口調はいつものように涼しげで冷静だ。けれど、彼は少し俯いて修司から視線を逸らした。その拗《す》ねたような態度からは彼の感情が読み取れなかった。凶悪犯を追っているというのに温いことを言っていると思ったのだろうか。だが、次の瞬間そうではないと思った。

（もしかして……？）

俯き加減の彼のうなじから頬が修司の視線に止まったときだった。いつもは透けるように白い肌にほのかな赤味が差していたのは、けっして日焼けのせいではない。紀美原は照れていたのだ。

そう気づいた瞬間、今度は紀美原のほうがきびすを返して一足先に歩き出す。車まで戻っていく彼の背を見つめながら、修司もまた自分が口走った言葉を思い出し、気恥ずかしさをごまかすように手のひらで自分の頬を何度も打つのだった。

前嶋は井澤組の連中を立ち合わせ、荷受されて運ばれてきたものの中身を確認したのち、松木に発送の指示を出していたという。

「井澤の連中はすぐに現場を離れましたが、前嶋と松木は発送の前に荷の数を揃えて仕分けする算段をしていました」

前嶋と松木の二人だけなら紀美原一人でもどうにかなるかと思ったが、松木の事務所の従業員がやってきたため、三対一ではさすがに分が悪いとそこは思いとどまったという。映画やドラマのように複数の敵と対峙して、華麗な技で全員を地面に叩きのめすなどということはできるものではない。

松木と従業員はともかく、前嶋はいくつもの修羅場を潜り抜けてきた男だ。人を殺すことにも抵抗のない危険極まりない人物だ。紀美原が冷静な判断をしてくれたことに、修司は今一度胸を撫で下ろしていた。仕分けが済み次第順次荷造りをして東京へ送る段取りを決め、彼らがコンテナを去るところまで見届けた紀美原は、車に戻ろうとして追ってきた修司と鉢合わせしたということだった。

「こっちも時間がありませんが、それは前嶋も同じでしょう」

中国行きのフェリーの出航は明日だ。この期に及んで前嶋も身動きのできない状態にある。これ以上国内に潜伏して移動を続ければ、それだけ身柄を警察に確保されるリスクが増える。今となっては薬物の手配を松木に任せて、すぐにでも中国に高飛びしたいはずだ。そのためには、何があっても明日のフェリーに乗船しなければならない。

「だが、我々がここまで追ってきたことはもう連中も気づいているはずだ」

それは修司の失態と言ってもいい。紀美原を案じてあのとき倉庫へ飛び込んでいったばかりに、松木の会社の従業員に姿を見られている。ナイフを持って現れた修司を井澤組の者だと思ったのか、彼はあっさりとコンテナの場所を教えてくれた。だが、今頃そんなことがあったと聞かされて、松木と前嶋は追ってきた修司の存在に気づいて焦っているだろう。

「君が確認した荷がアフリカルートから密輸されてきたブツであることは間違いないだろうが、応援を呼べないところが厳しいな」

ここはあくまでも大阪府警の管轄であり、薬物に関するガサ入れを依頼するにしても情報の確認をして令状を取らなければ彼らも動けない。紀美原は彼らの会話を聞いたとはいえ、コンテナ内に入って現物をその目で確認するまでには至らなかった。

「最初から自分たちでどうにかするつもりだったんですから、応援など期待していませんよ。

それに前嶋の身柄を押さえれば、府警も緊急配備で動かざるを得なくなる」

頼もしいセリフだが、一度車に戻って状況を整理してみてもこちらにとって不利なことは変わらない。結局は重要参考人である前嶋の身柄を確保して、警視庁からの緊急配備で府警を動かす以外に道はないということだ。

「明日のフェリーポートで勝負を賭けるしかないか……」

修司の言葉にしばし考え込んでいた紀美原だが、やがて自らの考えを唱えた。

「それは最後の最後です。どうせ追ってきたことがばれているのですから、それを逆手に取りませんか？」

「というと？」

「前嶋は東京であなたとわたしの両方を仕損じている。大陸へ高飛びするにしても、行きがけの駄賃代わりに二人のうちのどちらかでも片付ければ、井澤組からそれなりの報酬も出るでしょう」

その可能性はあるだろう。どうせ高飛びするなら日本でどれだけ暴れても遠慮はいらないし、それによってまとまった金を得ることができれば、前嶋にとってはおいしい話ということになる。

「わたしが前嶋を呼び出します」

「え……っ」

大胆な提案に修司が眉を吊《つ》り上げた。さっき危険な真似をするなと言ったばかりだし、彼も無謀なことはしないと認めたばかりなのに、そんなことをさせるわけにはいかなかった。

それでも、フェリーポートの最後のチャンスに賭けるだけでは、前嶋を取り逃がす可能性もあると紀美原は主張する。それについては修司も強く反論できなかった。多くの人がごった返して乗船していく中で、中国人の団体客に紛れ込まれたら厄介なことになるだろう。それに、そんな人ごみの中で前嶋が凶器を持って暴れれば、無関係な人間に危害が及ぶかもしれないのだ。

「だったら、俺が奴を呼び出そう。どうせ追ってきていることはばれているんだ」

紀美原にその役割をさせるより、修司がそれをするほうがいい。だが、それにも紀美原は同意しない。

「元ＳＡＴのあなたへの警戒心は強い。わたしのほうが狙いやすいと思うでしょう。それだけじゃない。あなたが追ってきていることは気づいていても、幸いわたしは彼らに姿を確認されたわけではない。少なくとも、あなたと行動をともにしているところを見られてはいない」

倉庫の従業員は修司の姿は見たが、紀美原のことは目撃していない。そして、コンテナでの前嶋らの動向を確認していた紀美原だが、向こうはそのことに気づいていない。

「だが、どうやって前嶋を呼び出すつもりだ？」

「わたしは単独で大阪入りしたことにして、大上庸一氏が隠し持っていたサンプルとデータを餌《えさ》にして奴を呼び出します。井澤組から得た報酬の何割かを寄こせば、それらをくれてやるとでも言ってね」

新しい薬物で商売を始めようとしている井澤組にとって、サンプルとデータは今でも大きな懸念材料となっているはずだ。それを紀美原が前嶋に売り渡し、なおかつ警察内の証拠はすべて隠滅しておいてやると持ちかければ井澤組にとっては願ってもない取り引きだ。そして、間に入る前嶋も当然のようにかなりのマージンを得ることになる。しばらく中国で潜伏生活を送る彼にとって、金はいくらあっても邪魔にはならないだろう。

「しかし、そんなうまい話にのってくるかどうか……」

「前嶋がわたしからのオファーを信用するかどうかはどうでもいい。こちらから接触を求めれば、前嶋は必ず出てくるでしょう。もちろん、正面からくるとはかぎりませんがね」

呼び出しに応じるが、取り引きするためではなく紀美原の存在を始末するためにやってくる可能性が大きいということだ。もし取り引きを無視すれば、紀美原は本格的に井澤組を叩くために捜査本部を組織することになると脅せばいいし、事実そうすることになるだろう。

令状を取ってガサ入れを行い、場合によっては暴対法での厳しい対応も考えられる。そうなったら、新しい薬物による商売に支障をきたすことは避けられない。井澤組が最も望まない事態を招くことになるばかりか、前嶋にとっても大切な金ヅルが窮地に追い込まれ、大陸で悠々自適の生活を送るための資金援助が滞ることにもなりかねない。

だが、前嶋が紀美原の命を狙うとわかっていて、危険な計画を承知することはできない。

修司の異議に対して、助手席にいた紀美原がこちらに向かって人差し指を立てたかと思うと、その指をそっと修司の唇に押し当てた。そして、この状況でなぜそんな表情を浮かべることができるのかと思うほど妖艶《ようえん》に微笑《ほほえ》みながら言う。

「あなたがわたしの背後から守ってくれるんでしょう？　だったら大丈夫ですよ」

紀美原に対する修司の思いをわかっているならタチが悪い。だが、心配はそれだけではない。修司は紀美原の人差し指を握り締めると言った。

「前嶋が一人でくるとはかぎらない。井澤組の連中と一緒ならどうする？　ほぼ丸腰の二人と武器を所持している連中とではあまりにも分が悪い」

「その心配はありません。井澤組の連中が現役の刑事に手を出すわけがない」

紀美原の読みは外れてはいないだろう。暴力団の構成員というのは案外縛りが多い。上からの命令なしに国家権力に手を出せば、組織全体に多大な迷惑を及ぼすことになり「破門」もしくは「絶縁」は必至となる。こういうときこそ前嶋の出番であり、そのために飼われてきた男なのだ。

それでも、修司にはまだ迷いと不安があった。東京を発《た》つときにはそんなものはいっさいなかったというのに、紀美原に万一の危険が及ぶことを考えただけで二の足を踏んでしまう。

すると、そんな修司をじっと見つめて紀美原が冷ややかな笑みとともに問う。

「どうしたんです？　牙《きば》をなくしましたか？　だったら、わたし一人でやりますから東京へ戻ればいい」

挑発だとわかっている。けれど、その言葉が修司の中の闘争心に火をつけた。自分が牙を失った狼だとは思わない。そして、この牙は大切なものを守るためにある。それを証明するために、修司は紀美原の提案を受け入れた。

「ただ忘れないでくれ。君は絶対に死ぬな。君は何も失う必要はない。これはもともと俺の兄夫婦のための復讐なんだ」

「だったら、あなたも忘れないでください。これは警察が追っている事件です。あなたはもう一般人だ。危険に自ら飛び込む必要はない。そして、日本の法律は個人の力による復讐を認めていませんから」

互いの気持ちはわかっているのに、どうしようもなく歯がゆい思いに心を乱されている。紀美原が心の奥深くに抱えるトラウマを、修司が解放してやれるわけではない。修司の背負った兄夫婦への思いもまた、紀美原がどうにかできるものでもない。

だったら、どうすればいい。どうすれば自分たちは満たされ、心の平穏を得られるのだろう。事件の解決ばかりではない。その先にもまだ二人して追い求めているものがあるような気がする。それはいったいなんなのか。自分の気持ちを持て余しながらも、相手を守りたいという思いはけっして嘘ではないのだ。

◆◆

その日の夕刻、二人は一度ホテルの部屋に戻り紀美原は松木の事務所に電話を入れた。松木本人が出たが、前嶋のことをたずねても知らぬ存ぜぬの一点張りだった。

「おかしいですね。中国からあなたの父親と同じ時期に帰国された村上さんという女性から聞いたんですよ。あなたと前嶋さんには今もおつき合いがあるとね」

それでも松木はすっ惚《とぼ》けているらしい。紀美原が電話で会話を続けながら、修司にそのことを目配せで教えてくる。だが、紀美原も引き下がるわけにはいかない。

「倉庫にやってきた男？　さぁ、なんのことです？　わたしはあくまでも個人的に前嶋と連絡が取りたい。彼とちょっとした取り引きがしたくてね。場合によってはあなたにとっても悪くない話かもしれない」

修司が前嶋を追ってきて近くをうろついていると気づいているので、松木が警戒心を強めるのは当然だ。だが、紀美原のほうは修司のことについてはいっさい触れず、自分の名前を名乗ってサンプルとデータの件と言えば前嶋に通じると告げた。

「もし前嶋がおたくに顔を出したら、今かけているこの携帯電話に連絡もらえるよう言っておいてください。ただし、このまま高飛びするつもりなら、こちらにも考えがありますから」

そこまで言って紀美原は電話を切った。持っているカードは見せた。紀美原との駆け引きに喰いついてくるかは正直五分五分だろう。

「かかるだろうか？」

「おそらく。かからなければ、仕方がないでしょう。明日が勝負になるだけのことです」

こちらが乗船直前という最後のチャンスに頼りたくないように、前嶋も高飛びの直前に邪魔が入って大陸に渡り損ねることは避けたいはずだ。それなら、邪魔者はその前に取り除いておこうと考えるだろう。

果たして、二人がやきもきして待つまでもなかった。前嶋から紀美原の携帯電話に連絡が入ったのは三十分後だった。紀美原が前嶋と電話で会話するのを、修司が横にいて静かに聞き耳を立てていた。ほんの一分程度の会話で紀美原は電話を切った。彼の美貌には緊張とともにしたたかな笑みが浮かんでいた。どうやら首尾は上々だったらしい。

「今夜、十二時にフェリーポートにこいとのことです」

「本当に大丈夫か？　君は拳銃の携帯はしていないんだろう？」

井澤組の連中が同行することはないとしても、前嶋は密輸した拳銃を渡されている可能性がある。丸腰で向き合うのはあまりにも危険だ。それでも、紀美原は恐れも緊張もない様子で言う。

「この前のことがあったので、かろうじて手錠だけは携帯してきましたけどね。とりあえず、あなたの援護に期待しています」

「だが、限界はある」

そう言うと、修司はちょっと考えてから部屋の中を見回し、備えつけのコーヒーカップを手に取って渡す。紀美原は怪訝な顔をしてそれを受け取った。

「なんですか、これは？」

「重さや長さが違うが、取っ手の部分がトリガーだと思って指を入れて構えてみろ」

「こうですか？」

持っているのがカップでも、さすがに刑事だけあって姿勢も構えも堂に入っている。訓練でかなり撃っているのだろう。

「いいか、相手が拳銃を持っていることを想定して、極力距離を縮めて向かい合うようにしろ。手の届く距離なら銃口を向けられてもどうにかなる。護身術は学んでいると思うが、念のため銃の奪い方を教えておく」

それはSATのときに習得したもので、修司なりにアレンジを加えた実用的な方法だ。

「まずは胸元から腹部を狙われたときの対処法だ」

紀美原が持つ銃口に見立てたカップの端の部分に向かって、修司は両手のひらを開いて差し出す。「撃つな」と降伏して見せながら、銃口から身を引くように上半身だけわずかに後ろへ引く。同時に利き手は反対に前に伸ばして、相手の銃を持つ手首を上からつかむ。

敵が上半身の動きで逃げようとしていると錯覚して、手の動きに注意を払わなくなる一瞬が勝負だ。相手の手首をつかんだら一気に真下に叩きつけるように下ろしつつ外側に捻《ひね》る。これで、万一トリガーが引かれても弾は自分の足元から遠い地面に向かって発射される。同時に自分の体は銃口を向けたほうとは反対に回り込んで、斜め後ろから敵に一発を打ち込むこともできる。

修司の場合は訓練を積んでいるので、軽く捻っただけでカップをカーペットの上に落とし、それを足で蹴《け》って遠くへ弾き飛ばす真似をしてみせた。

「次は頭を狙われたときだ。真っ直ぐ向き合っていれば、当然のように額のあたりに狙いを定めてくるだろう。そのときもまずは両手を上げて、銃口のそばで手のひらを相手に向ける」

紀美原は修司の額に向かって銃口ならぬカップを突きつける。このときなんでもいいから話しかけて相手の気持ちを逸らせることも大きなポイントになる。だが、行動は言葉の途中に起こさなければならない。人間は自分が優位に立っていると自覚しているとき、とりあえず相手の言葉を最後まで聞いてやろうと余裕をみせるものだ。

その会話の途中で素早く上げている手を動かすと、言葉に耳を傾けていた敵は一瞬動きが遅れる。そのわずかな瞬間に利き手で相手の手首の内側を叩き、同時に反対の手で銃口をしっかり握って捻って奪い取る。これもまさにコンマ何秒の技で成功率は熟練した者でも高くない。デモンストレーションならともかく、現実では敵がどのタイミングでトリガーを引くかはまったくわからないからだ。

それでも何も知らないで行くよりはいい。今度は修司が銃代わりのカップを持って、紀美原に何度か練習をさせた。紀美原はなかなかカンがいい。初めてとは思えない動きで、五、六回ずつ繰り返したらかなりスムーズに動けるようになった。

「こんな技は使わないよう祈っているがな。それから、これを持っているといい」

コーヒーカップを置いた紀美原に、修司は自分のアーミーナイフを差し出した。銃をうまく相手の手から離したとして、接近戦ではナイフは強力な武器になる。

「扱いに慣れていなくても、何もないよりはましだ」

「あなたはどうするんです?」

「武器になるものがないときでも、それなりに闘う術を学んでいる。俺の心配はいらない」

その後、前嶋との約束の時間まで、それぞれができるかぎりの手はずを整えた。修司は元木への連絡と紀美原は警視庁への報告。場合によっては大阪府警からの応援の要請も頼めるように伝えておく。前嶋の身柄確保は自分たちの手でするにしても、その後の薬物の処理のため早急に松木の事務所や倉庫を押さえてもらわなければならない。

「元木さんから何か新しい情報は？」

「松木について調べてもらった。前嶋とは古い仲らしい。村上さんのところへ訪ねていくのは、松木との関係のカムフラージュだったようだ。松木も相当な曲者《くせもの》だな。井澤組にかぎらず、関西の組織の密輸にも関わっているという話だ」

「データ分析のほうはどうですか？」

「それは警察もやっているんだろう？」

修司が言うと、紀美原が微かに口元を歪《ゆが》めて笑う。したたかな刑事の顔そのものだ。

「捜査中の事件については、こちらから一般人に情報開示はできないんですよ」

「それなら、こちらも話せないな。兄の追っていた事件だが、今は元木さんのスクープになるかもしれない案件だ。警察の圧力で発表できなくされたら困る」

修司もわざと開き直ったような態度で言ってやると、紀美原は苦笑を漏らしていた。抱き合ったこともある。過去を語り、心の中に潜むトラウマや苦悩についても吐露し合った。けれど、今の自分たちは同じ敵を追う同胞としてともに行動している。

九時過ぎまで諸々《もろもろ》の手配と段取りをして、フェリーポートに行く前に腹ごしらえをするためいつもの割烹に行った。ただし、今夜は酒は飲まない。それでも、ここのところ毎晩のようにやってくる二人の顔を覚えてくれた店主が、その日のお勧めの品を何も言わなくても出してくれる。

他にも今夜は米と麺《めん》のものを何か出してくれないかと注文した。すぐにエネルギーになるものが必要なのは、これから試合をするアスリートと同じだ。紀美原と修司は二時間後には前嶋と対峙して、命がけの戦いをすることになるのだ。

満腹にならない程度に夕食を終えて店を出ると、二人は一度ホテルに戻り装備を整えて車に乗り込む。すでに十時を回っている。フェリーポートには十一時前には着くだろう。前嶋との約束の時間には早いが、二人にはその前にやっておかなければならないことがある。

フェリーポートには何度か足を運んでいるものの、詳しい地形やどこに何があるかなどを確認しておかなければ戦いを有利に進めることができなくなる。それでなくても、向こうは武器を持っている可能性が高く、こちらはナイフ一本のほぼ丸腰だ。

万一のときは命を守るために逃げなければならない。逃走のための経路や身を隠す場所などを頭に叩き込んでおかなければならないのだ。

「最初は電話で連絡を入れて、前嶋の立ち位置を確認してから近づくことだ」

「極力近距離で向き合うこと、でしたよね？」

「そうだ。一番危険なのは至近距離に行くまでだ。その途中で発砲されれば俺も助けようがないし、教えた技も使えない」

そこだけは運任せの賭けになる。ある程度のリスクは覚悟するしかないのはわかっているし、丸腰とはいえ修司も方法を考えていないわけではない。だが、紀美原を危険に晒すことには自分が拳銃を突きつけられる以上に緊張を覚えていた。

それでも、自分の不安を表に出すわけにはいかない。修司の不安がそのまま紀美原に伝わってはまずいからだ。前嶋は相当に肝の据わった悪党だ。そんな男に対峙するときは嘗められたら駄目だ。悪党連中は弱い相手をすぐに嗅ぎ分ける。紀美原の精神的な強さは信じているが、別の意味で案じていることもある。前嶋に負けない強さがあるかもしれないが、紀美原には前嶋に負けない心の暴走の可能性があるのだ。

紀美原がトラウマのせいで心の歯止めを失えば、彼はまだ過去の心の傷から逃れきれないことを自覚して苦しむことになるのだろう。修司は紀美原をトラウマからなんとか解放してやりたいと思っている。けれど、心の問題は他人がどうこうできるものではない。結局は自分自身で乗り越えるしかないのだ。

「右手には倉庫で、左手は海か。右しか逃げ道はないが、それは向こうも同じだからな」

修司が言うと、紀美原も左手の倉庫の並びとその手前にある陸揚げされている小型船に視線をめぐらせている。修司が身を隠しておくのもあのあたりになるだろう。ただ、あまり近寄りすぎて前嶋に見つかれば援護の意味をなさなくなる。

紀美原が現場の障害物や万一の逃走ルートなどを確認している間、修司もまた援護に最適な隠れ場所やいろいろな位置からの死角になる部分を見て回る。

倉庫の陰や船の甲板に伏していることもできる。ただ、離れた距離での援護は銃があってこそ効果的で、武器のない修司はいざというときには紀美原のところへ駆け寄れる距離でなければならない。

（おまけに、この足は役立たずだしな……）

民間の警備会社で要人の警護をするのにはさほど不自由を感じていないが、ここまで命がけの戦いになればこの足のハンディは大きい。だが、どんなに不甲斐《ふがい》なく忌々しい思いがあっても、これが今の自分でありこの状態でどうにかするしかないのだ。

「このあたりだと一番面倒なのは倉庫の屋根から狙われる場合だが、今回にかぎってそれはないだろう」

前嶋は単独で行動すると想定するなら、紀美原がどこまで巧みに距離を詰めて相手の武器を奪えるかにかかっている。待ち合わせの三十分前には現場から離れ、近くの道に路上駐車した車の中で待機する。

しんと静まり返った雑居ビルの並ぶ通りで、二人は車の座席の背もたれを少し倒してそのときを待っていた。こういう時間はやたらと長く感じられる。何か話したほうがいいような気もしたが、こういうときに気の利いた話題の一つも思いつかない。考えてみれば、けっして楽しい話をする関係ではなかったのだから当然かもしれない。

「なんだか奇妙だな」

修司が呟いた。義姉の事件現場で鉢合わせしてからというもの、紀美原とは振り返ってみても言葉で説明が難しい関係を構築してきたと思う。

「何についてそう言っているのか知りませんが、世の中で奇妙でないもののほうが少ないと思っていますよ。刑事をやっていれば悲惨な犯罪現場を検証し、凶悪犯を追うという非日常の連続ですから」

「違いない。その点ＳＡＴの日常は訓練で、出動回数でいけば刑事の現場検証の回数よりははるかに少ないからな」

ただし、一度出動命令が下りれば、そこは厳しい戦闘の場となることが多い。紀美原も修司も普通なら目にすることもない血生臭い現場を潜り抜けて生きてきた者同士だった。

さらに、紀美原は少年期にあまりにも惨《むご》い誘拐および拉致監禁を経験している。修司は兄を殺され、義姉をあんな目に遭わされて、身内の理不尽な不幸については充分に苦しんでいる。二人はそういう意味でも非日常が身近な人生を歩んでいるのかもしれない。

「今夜、俺は必ず前嶋を捕まえる。君はこの旅で自分を解放できそうなのか？」

修司が問うた。何があっても前嶋の身柄は確保するし、紀美原のことは何があっても守るつもりだ。だが、彼自身は前嶋を捕まえて、自分自身のトラウマを克服することができるのだろうか。この旅は本当にそのきっかけになるのだろうか。

修司の問いかけに紀美原は少し考えてから小さく首を横に振った。もちろんそんなに簡単なわけではないとしても、東京での任務を放置してやってきただけのものを彼が得られれば

いいと思う。

「ただ、何かが少しだけ自分の中で変わったような気がします。それが何かがよくわからない。表面的なことなのか、それとももっと……」

紀美原の言葉が途切れた。表面的ではなく、もっと心の奥深くにある何かが変わりそうだというのだろうか。運転席に座っていた修司が隣の紀美原の横顔を見つめる。すると、紀美原もこちらを向いて微かに笑う。なんだかひどく悲しげな笑みだった。彼の心がまったく癒《いや》されていないのかと思うと修司は胸が痛くなって、思わず片手を伸ばし男にしては華奢《きゃしゃ》な肩を抱く。

「大上さん……」

名前を呼ばれたとき、胸に込み上げてきたのはせつないほどの愛しさだった。紀美原は強い男だ。それは知っている。けれど、その美しく強い鎧《よろい》の奥には少し乱暴に触れると砕け散ってしまいそうな脆《もろ》く繊細な心が隠れているのだ。修司はこの旅で彼のそれを見つけてしまった。あるいは、彼の体を抱き締めながらそれに触れてしまったのかもしれない。

しばらくの間、修司はじっと紀美原の肩を抱き締め、紀美原もまたそっと修司の肩に自分の頭をあずけていた。短くて長い時間だった。それとも、長くて短く感じられる時間だったかもしれない。

「そろそろ行きます」

やがて紀美原が自分の腕時計で時間を確認して車のドアを開ける。修司は数分遅れて現場に接近することになっている。

「ナイフは持っているな？」

紀美原は頷いて自分のジャケットの背中を軽く叩く。ジーンズの腰に差し込んでいるのだろう。

「どんなイレギュラーな事態になるかはわからないが、俺は前嶋の姿を確認したらすぐに援護に入る。だから……」

「できるだけ距離を詰めておくこと、ですね？」

「そうだ。だが、けっして無理はするな」

わかっていると小さく微笑む。美貌に少し冷たい印象を漂わせる、今ではすっかり見慣れた彼の表情だ。この笑顔は美しい。けれど、抱き締めたときの彼のわずかにはにかむ笑みはもっと美しい。だから、必ず彼を守ろうと思う。

紀美原が約束の場所に向かってから五分。修司も車から降りると、静まりかえった夜の町を港に向かって足早に進む。

さっき下見をした倉庫の手前で紀美原は電話を入れているはず。そのとき、倉庫の壁に背中をつけて背後を守りながら、まずは前嶋がどちらからやってくるかを確認するように言っておいた。携帯電話の着信音を消している可能性もあるが、そうでなければその音で前嶋の位置を把握することができるからだ。

その間に、修司は待ち合わせの場所から少し離れた場所に陸揚げされた小型船舶の陰に身を潜め、そこで地面に身を伏せるようにしてトレーラーに乗せられた船舶の下の隙間《すきま》から様子をうかがう。

しばらくして倉庫の東側から足音がした。港の街灯の数は少なく、周囲は深い闇に沈んでいるが、それでも目を凝らしてその足元を見ると紀美原ではないことがわかった。

(前嶋……っ)

義姉を訪ねていったあの日からずっと追い続けてきた男の姿がそこにあった。そして、反対側から紀美原がやってくる。正面から前嶋に向かっていく。それが紀美原の選んだ方法だ。

修司は額から汗を流しながら緊張を押し殺す。この瞬間に拳銃で撃たれたら、完全にアウトだ。紀美原は下手すれば命を落とすし、運がよくても銃弾で負傷する。修司が飛び出していっても間に合わないだろう。

だが、こちらが相手の発砲を恐れているように、前嶋もまた刑事の紀美原が拳銃を携帯していて、いつそれを抜くかと警戒しているはずだ。そういう意味では真正面からのアプローチは正解かもしれない。

「こんなところまで追ってくるとはな。おい、本当に一人か？」

前嶋が紀美原に向かって問いかける。紀美原は落ち着いた声で反対に問い返す。

「松木も言っていたが、わたし以外にもおまえを追っている誰かがいるのか？」

「しらばっくれるなよ。元ＳＡＴの男だよ。あんたら警察のマークを受けていると思っていたんだがな」

「大上修司のことか。奴は確かに重要参考人だ。捜査チームの者が今もマークしていて、東京を離れられないはずだ。だが、わたしの本来の職務は別だからな」

修司に関してはあくまでもしらばっくれながら紀美原はゆっくりと歩を進め、立ち止まっている前嶋へと近づいていった。忠告どおりにその距離を着実に詰めている。紀美原の説明にも、松木の倉庫で従業員が修司を見たという報告についても腑に落ちない様子で前嶋がさらに質問する。

「だったら、なんでおまえがサンプルとデータを持っている？」

「あのとき、垣根の向こうに隠れていたおまえなら知っているだろう。わたしは大上彩香の事件現場に居合わせたのでね。現場検証のとき、書斎の椅子の裏にガムテープで貼りつけてあったものを見つけた。小さな錠剤の入った袋とメモリスティックだ。おまえがというより、おまえのバックの井澤組が喉から手が出るほどほしいものじゃないのか？」

メモリスティックは元木経由で得たものだが、そんなことは前嶋にいちいち教えてやる必要もない。

「取り引きと言っていたな？　何が望みだ？」

「井澤組からいくら引き出せる？」

紀美原は前嶋のすぐそばに立つ。狙っていたとおりの距離だ。修司は伏せていた地面から体を起こし、小型船舶の前方に回り込み、そこで飛び出していくタイミングを計る。

「金か？　警察の犬もしょせんは金がほしいのか？」

「ヤクザの犬と同じということだ」

紀美原の芝居はなかなかのものだ。だが、それに簡単に騙《だま》されないからこそ前嶋は悪党なのだ。そのとき、前嶋はジャケットの内ポケットから恐れていたものを取り出した。小型の拳銃は護身用だが、至近距離から撃たれれば致命傷になる。しかし、この距離なら修司が教えた技が使える。

同時に、修司は伏せていた地面から起き上がり、前嶋が発砲する前に背後から彼の身柄を取り押さえようと駆け出す。だが、一歩踏み出した次の瞬間、修司の目の前に黒い影が飛び下りてきた。ハッとして立ち止まった前にいたのは、ナイフを持った松木だった。

「やっぱり、一人やなかったんやなっ」

そう言った松木が修司の首筋を狙ってナイフを真横に振り切る。上半身を大きく背後に仰け反らせてその刃をかわす。紀美原が修司の援護を受けていたように、前嶋もまた松木に援護を頼んでいたらしい。

周辺を確認したとき、倉庫の屋根あたりからライフルで狙われるのが一番厄介だと思ったが、さすがにそれはないだろうと考えた。だが、陸揚げしている小型船舶の中に身を潜めているとは思わなかった。このときになって自分たちの読みが甘かったことに気がついたがすでに遅い。

松木はただの商売人で、密輸入に関して前嶋や井澤組に手を貸しているに過ぎないと読んでいたが、そんな温い男ではなかったということだ。そして、松木のナイフ使いは素人ではない。完全に人を殺めることを意識した使い方だ。

「うちの倉庫にきたんはおまえやなっ？　大上か？　おまえが大上やなっ？」

松木のナイフはかなりのスピードで顔や胸の前を過ぎる。修司は防戦一方で、銃を向けられている紀美原の援護に向かうことができないでいる。

（クソ……ッ。このままじゃまずいっ）

心の中で悪態をつきながらも、なんとかして松木の攻撃を避けながら前に出ようとしたときだった。パァーンと乾いた音が周囲に響くのを耳にして青ざめた。

「紀美原……っ」

思わず彼の名前を呼んでそちらを見たとき、彼はまだその場に立っていた。それどころか、修司が教えたとおりに銃口を自分の足元から逸らした状態で、前嶋の手から拳銃を叩き落とすところだった。

(よしっ、そうだ。それでいいっ)

だが、紀美原を褒めている場合ではない。修司の背後から松木のナイフが襲ってくる。思わず地面に突っ伏して素早く寝返りを打てば、地面にガキンと鈍い音を立ててナイフの切っ先がぶつかる。咄嗟に体を返していなければ肩甲骨《けんこうこつ》から肺にまで突き抜けるほど深くナイフが刺さり、数分で絶命していただろう。

「なんや、すばしっこいなっ。ええから、はよ死ねやっ」

そんな乱暴な言葉とともに、松木はもう一度振り上げたナイフを修司の胸元をめがけて突き立てようとした。だが、それを許すまでもなく、修司は自分の両足を松木の足に絡めてもう一度寝返りを打ちながら一気に相手の体を地面へと倒す。横になっている状態で立っている敵が襲いかかってきたとき、相手の体勢を崩すためのかなり強引な足技だ。

一瞬後遺症の残る左足に微かな痛みを感じたが、それでもバランスを崩した松木はナイフを宙に泳がせたまま地面にうつ伏せて倒れ込む。

(よし、今だっ)

ナイフ使いは手馴れている松木だが、技にかかった焦りから完全に無防備になる。その瞬間を逃さず、素早く体を起こした修司は、自分の膝頭《ひざがしら》で松木の背中を力一杯押さえる。身動きを封じられた彼の手首を靴の踵《かかと》で踏みつけてナイフが手からこぼれ落ちると、それを素早く蹴り飛ばした。一連の動きはＳＡＴ時代の訓練のたまもので、未だ自分の腕が衰えていないことに内心安堵していた。

相手の凶器を奪ったあとは、反撃と逃亡を防ぐための拘束だ。手錠など持っていなくても、ジーンズから引き抜いたベルトで充分だ。松木の両手首を後ろ手にして一つに括《くく》り上げ、さらにうつ伏せの格好のまま両足を船の陸揚げ用トレーラーの支柱に絡ませて、松木の腰から引き抜いたベルトで繋ぎとめる。こうしておけば体を仰向《あおむ》けにしようとしても鉄の支柱を抱かされている足が捩れるし、体を海老《えび》反《ぞ》りにして足の拘束を解くこともできない。

「チクショーッ。おまえ、殺すぞっ。解けっ。解けやっ」

ヤケになって怒鳴る松木をその場に放置しておき、修司はすぐさま紀美原のところへ行こうとした。

「やっぱり一緒だったってことか」

駆け寄る修司の姿を見てそう言った前嶋は、今まさに紀美原にタックルをかけてその体を地面に押し倒すところだった。拳銃は修司が教えた技によって前嶋の手から叩き落され、海のすぐそばまで蹴り飛ばされていた。そこまでは完璧だったが、接近戦でアーミーナイフを出したところで前嶋の経験がものをいった。

ナイフに襲われたときは避けるか、もしくは全身でタックルして相手を倒してからナイフを奪い取るかだ。前嶋は潜り抜けてきた修羅場の経験から後者を素早く選択した。

「うく……っ」

地面に倒された紀美原は手首を拳《こぶし》で打たれて、ナイフを握っていた手を開く。こぼれ落ちたナイフを今度は前嶋が足で蹴って弾き飛ばすと、さっき修司が松木にしたように自分のズボンからベルトを引き抜き、それを使って紀美原を完全にねじ伏せる。

ただし、修司が松木を拘束したのとは違い、前嶋は紀美原の首にベルトを巻きつけたかと思うと、それを力一杯締め上げる。完全に紀美原を殺すつもりでやっているのはわかる。かろうじて首とベルトの間に指を入れた紀美原が、懸命に地面から起こした上半身を捩《よじ》り苦しんでいる。

「おいっ、よせっ。やめろっ」

修司が叫んだ。

「うるせぇっ。動くなよ。一歩でも動いたら、こいつの首が絞まって死ぬぞ」

脅し文句とともに、前嶋は本当に紀美原の首に巻きつけたベルトをさらに締め上げる。

「わ、わかった。わかったからよせっ。それ以上はするなっ」

修司が叫んで、前嶋の動きを止めさせようとする。このとき、修司の脳裏に蘇ってきたのはあの日の義姉の姿だった。兄のベルトで首を絞められて意識不明になっていた義姉を見たとき、修司の心臓のほうが止まりそうなくらいだった。

危険な現場に飛び込む経験は幾度となくしてきたし、ときには犯人を射殺しなければならないこともあった。人の命が終わる瞬間を目の当たりにしたのも一度や二度ではない。それでも、義姉のあの姿を見たときは自分の理性が吹き飛んでしまいそうだった。

たった今、目の前で紀美原が義姉のように首を絞められている。彼もまた助けられなかったら、自分はどうしたらいい。病院のベッドで動かぬままの義姉の姿が修司の脳裏にフラッシュバックする。焦りと恐怖で感情のコントロールを失ないそうになっている心に、ものすごい勢いで飛び込んできたのは狂気にも似た怒りだった。まさにその瞬間思い出したのは、紀美原の言葉だ。

『追いつめられれば人を殺めることを選ぶ。そういう自分自身の中に潜んでいる狂気が何よりも怖いんです』

それが正当防衛であっても、人と自分の命の選択を強いられて自分の命を選んだことに苦悩や戸惑いを感じない人間がいるだろうか。法が自分を裁くことはなくても、自分が生き延びるために殺めた命を、風が枯れ葉を吹き飛ばすように記憶から消し去ることはできやしない。

けれど、紀美原はあのときの義姉のように死の淵《ふち》にいるのだ。彼の美しい顔が苦痛に歪んでいる。前嶋は紀美原の首を締め上げたまま、ゆっくりと地面に転がった拳銃のところまで移動していく。引きずられていく紀美原の首はさらに絞まり、彼の眼球がこれ以上ないほど大きく見開かれている。

このまま呼吸が脳へと送られないままあと数分が過ぎれば、障害が残るか義姉のように植物状態になるか、最悪の場合は死だ。紀美原の意識が途切れる前にどうにかしれなければならない。飛びかかっていけば紀美原へのダメージが大きい。だが、拳銃を手にされたらますます不利な状況になる。

修司は素早く視線を周囲にめぐらせる。何もないなら、ない戦い方がある。だが、このとき目に入ったのは前嶋が紀美原の手から落として蹴り飛ばしたアーミーナイフだ。修司が万一に備えて紀美原に持たせておいたものが、二メートルほど斜め前方に転がっていた。

前嶋が拳銃を手にする前にナイフを手にすれば勝機を見出《みいだ》すこともできる。瞬時にそう判断した修司は、紀美原を引きずっていく前嶋の動きに視線をやったまま、ナイフのほうへ駆け出す。前嶋は修司の思惑に気づき、さらに乱暴に紀美原を引っ張って拳銃のほうへ手を伸ばす。

修司がナイフをつかんだとき、前嶋もまさに拳銃に手をかけようとした。その瞬間に呼吸ができない苦しさによろめきながらも引きずられていた紀美原の足が、前嶋の手の先にあった拳銃を蹴った。偶然か意識しての行動なのかはわからない。だが、そのわずかな時間で修司はナイフを手にして前嶋へと飛びかかる。

前嶋はやむを得ず紀美原の首を絞め上げていたベルトを離し、その体を突き飛ばしてもう一度拳銃に手を伸ばす。紀美原は地面に崩れ落ちて小さく体を痙攣《けいれん》させている。修司が前嶋の手を足で踏みつけようとすると、彼は機敏に手を引いて反対に修司の足首の内側を拳で叩いた。

「うぐ……っ」

思わず呻き声を上げて体のバランスを崩す。そこは足に何ヶ所かある急所の一つだ。その隙に前嶋が拳銃を手に取った。トリガーに指をかける前にその手を上からしっかりつかんで押さえる。正しく持ってトリガーを引けなければ拳銃もただの鉄の塊だ。

「クソ……ッ」

前嶋が唸ると、頭突きで修司の顎《あご》を狙ってくる。顔面への攻撃をまともに喰らうと視界が遮られて動きが止まる。それを避けるために体を後ろに引こうとしたら、拳銃を押さえている手が離れてしまう。

すかさず拳銃を構えようとする前嶋と、それをさせまいとナイフを横に振りきり応戦する修司。飛びのいて下がる前嶋に向かって、次から次へとナイフの切っ先を鋭く突き出す。相手を防戦一方に追い込んでいるうちに、なんとかして拳銃を奪い取りたかった。

だが、前嶋は追い込まれながらも頭を使っていた。修司の攻撃をかわしながらも、少しずつ紀美原のほうへと近づいていたのだ。紀美原はまだ呼吸が整わず、意識も朦朧《もうろう》としているのか、地面に蹲《うずくま》ったまま咳《せ》き込んでいる。前嶋が背後から近づいてきていることにも気づいていない。

(ま、まずい……っ)

拳銃を持った前嶋に紀美原が捕まったら、今度こそ二人とも抵抗を奪われる。だが、今の状態の紀美原では前嶋にとても対抗できそうにない。かといって修司が攻撃を止めれば、前嶋に拳銃のトリガーに指をかける時間を与えてしまう。

「紀美原っ、逃げろっ。逃げてくれっ」

修司が叫ぶと、ようやく紀美原がこちらを振り向く。まだ真っ青な顔色で手足の震えが止まっていない。地面に指を立ててかきむしり、なんとか立ち上がろうとしているが足が言うことをきかないようだ。そうしているうちに前嶋が紀美原のすぐ近くまで下がっていて、今にも細く震える肩に手をかけそうになったときだった。修司の脳裏で、これまでの辛いことが走馬灯のように駆け巡る。

(駄目だっ。絶対にさせてたまるものか……っ)

強い意思とともに心の中で咆える自分がいた。紀美原を救わなければならない。彼を失うことを自分の心はけっして認めはしない。その思いが修司の中にまだ潜んでいた力を呼び起こす。兄の死も義姉の今の状況も、何もかもが許せない。マグマのように湧き上がってきた怒りは、修司を憤怒《ふんぬ》の様相に変えた。

「貴様っ、絶対に許さんっ」

修司は踏ん張れないはずの左足で地面を蹴り、高く飛んで前嶋の顔の側面に利き足の右回し蹴りを繰り出した。目や耳、あるいは首の骨といった急所に与える衝撃についてはいっさい考えなかった。この一撃で確実に地面に叩きのめすつもりで蹴った。

「ぐはぁ……っ」

前嶋の首と頭が一瞬ずれたように見えて、彼は顎が外れたかのように大きく口を開き、涎《よだれ》をたらしながらその場に崩れ落ちていく。手にしていた拳銃も意識が遠のいているのか自然とこぼれ落ちて、修司がすぐさまつま先でできるかぎり遠くへと蹴り飛ばした。

それでもまだ憤りが収まらない。この男が兄夫婦をあんな不幸な目に遭わせ、双方の両親を悲しみに突き落とし、さらには紀美原まで殺そうとしたのだ。

「すべてはおまえのせいだ……っ。心底後悔させてやるっ」

そう言うと、修司は手にしていたアーミーナイフを逆手に持ち変え、柄の末端部分に左の手のひらを当てて全身の体重とともに前嶋の胸に突き立てようとした。まさにそのとき、紀美原が掠《かす》れた声で叫んだ。

「だ、駄目だっ」

その声にナイフの切っ先が前嶋の体の数センチ手前でピタリと動きを止めた。修司がハッとして紀美原のほうを見る。彼はよろめきながら立ち上がり、片手を伸ばして修司に向かって手のひらを差し出す。

「大上さんっ。殺したら駄目だ……っ」

「き、紀美原……」

彼の名前を呟きながら、自分がすでに戦意を失っている犯人に向かってとどめを刺そうとしていることに気づきひどく困惑した。怒りが頂点に達して、もはや理性で自分を制御できなくなっていたのだ。そして、それを紀美原が一瞬の判断で止めてくれた。

「あなたがこんな男のために手を汚す必要はない。あとは我々の手に。そして、司法が彼を裁きます」

彼の言うとおりだ。どんなに憎い犯人でも、個人の手で復讐は許されないのだ。それをすれば自分のまた犯罪に手を染めることになり、家族をもっと悲しませることになる。

紀美原はゆっくりと修司のそばまでやってくると、まだ力のこもらない手でジーンズの尻のポケットに入れていた手錠を差し出してくる。

「これで前嶋を……」

「いや、それは君の役目だろう」

修司が言うと、紀美原は小さく笑みを浮かべて言った。

「わたしはこの様《ざま》で力が入らない。あなたがこの男にかけてください」

殺す必要はない。だから、これでけじめをつけろと紀美原は言いたかったのだろう。修司は黙ってそれを受け取って地面に横たわったままの前嶋の手にかけた。

カチリと冷たい金属音がして、これで終わったという思いが過《よ》ぎるとともに、脱力感と安堵感が大きな塊のようになって修司の肩にのしかかってきた。まだすべての結着がついたわけではない。大阪府警に連絡をして、すぐにコンテナの中の荷物を確認してもらわなければならない。松木は麻薬取締法違反で、前嶋は死亡を偽ってまでおこなった東京での諸々の罪で緊急逮捕の手配をしてもらうことになるだろう。

けれど、それらの前にやらなければならないことがあった。ようやく顔色が元に戻り、どうやら義姉の二の舞にならずにすんだ紀美原が横にいる。修司は彼のそばへと歩み寄り、その体を両手でしっかりと抱き締める。

「危ない目に遭わせてすまなかった。でも、無事でいてくれてよかった」

紀美原は修司の行動に少し驚きながらもいっさい抵抗はせず、自ら頬を修司の肩にあずけてきた。

「ちゃんと援護してくれましたから。それに、あなたのおかげでわたしもようやく解放されそうです」

もしそうなら心からよかったと思う。この美しい男を苦しめるすべてのものから守ってやりたい。そう思う修司もまた、ずっと空虚を抱えて生きてきた自分の中に何か温かいものが満たされていくのを感じているのだった。

◆◆

前嶋たちの身柄を府警に渡したのちも、翌日の金曜日は朝から現場に立ち合い、事情聴取を受けて東京に戻ることはできなかった。紀美原も警視庁から捜査員がやってきたので、彼らへの事情説明や前嶋の身柄受け渡しなどの手続きに追われていた。

さすがに金曜日のうちに車を飛ばして東京に戻るには疲れすぎていたので、もう一泊大阪で過ごすことにして紀美原とともに滞在していたホテルの部屋に戻った。

「君は新幹線で戻ればよかったんじゃないか？」

修司が言うと、紀美原は小さく肩を竦めてみせる。

「現場捜査は本来わたしの役割じゃありません。やることはやったので、あとは担当捜査員にまかせますよ。それとも、わたしが一緒で迷惑ですか？」

「いや、そんなことはないが……」

大阪へ同行するときは、今回の案件に関しては自分が事件現場に居合わせたことで特別に捜査に加わったと言っていたはずだが、今はまるで部外者のようなことを口にする。本気ではないにしても、彼がこういうことを涼しい顔で言うので、周囲に誤解を受けているのはなんとなくわかる。

犯罪を憎み、刑事であることに信念を持っていても、組織の中での出世など彼にとってはどうでもいいことなのだろう。そういう淡々とした態度が鼻につく連中もいるに違いない。だが、修司は彼が過去のトラウマによって苦しみ続けてきたことを知っている。そして、それから解放されたいともがき続け、前嶋追跡に自ら飛び込んできた。

警視庁に戻ればまた上層部で問題となり、呼び出しを受けて始末書を書かされるか、場合によっては減給や更迭もあり得るかもしれない。それでも、彼はどこか清々《すがすが》しげに見える。

「いずれにしても前嶋確保に協力してもらい、警視庁の人間としてお礼を言います。これが大上彩香さんに対してのお詫《わ》びになるとは思いませんが、病院へ見舞いにいくとき報告できることがあるのはよかったと思います」

「前にも言ったように、義姉の件はけっして君の責任ではない。むしろあのときは早い対処をしてくれたと感謝しているくらいだ」

今となっては前嶋の仕業だとわかっているが、義姉が狙われるというタレ込みをたまたま自分が受けたというだけで、紀美原は彼女を救えなかったことに自責の念を覚えている。だが、本当にその件については彼の責任ではないし、修司も両親たちも紀美原を責める気はないのだ。

「お兄さんの件についても今後前嶋から供述があるかもしれませんが、警察はあれを事故だとして動かなかったのは事実です」

それについては今も大いに不満と憤りを覚えているが、紀美原個人を責める理由にはならないだろう。昨夜は前嶋との約束の場所に出向く前に、元木に電話を入れてすべてを話しておいた。もし万一のことがあれば、残された両親に修司の真意を説明してくれるのは彼しかいないと思ったからだ。そのとき、修司は元木から例のデータについての情報を聞かされていた。

紀美原が修司にそれをたずねたときはわざと惚けてみせたが、紀美原のほうも警視庁の分析を修司にはあえて話さなかった。

それも無理はないと思っている。元木から話を聞いたとき、修司は兄の死の意味を無念さとともに理解することができた。それは、この民主国家で法治国家である日本であっても容易には踏み込めない部分だったのだ。

『あのデータだが、かなりヤバイぞ。不正融資事件に関わった都市銀行はサラ金業者を仲介役に使っていたが、そこのパイプ役になった連中がいる』

英数字と漢字の羅列はある暗号解読の法則に従うと、おおよその謎《なぞ》が解明できたらしい。そして、それは修司が想像していたとおりあまりにも危険な真実だった。

都市銀行とサラ金を繋いだ人間の中に、少なくない現職国会議員がいることが判明したのだ。個人名と献金として受け取った金額までがデータには細かく記載されていた。つまり、現職の代議士が反社会的組織への不正融資に協力をしたため、結果として日本に新しい薬物が密輸されたことになる。

もちろん、代議士の中には事務所の経営や政治資金については瑣末《さまつ》なこととして、秘書や事務方の人間に丸投げしていた者もいるだろう。よしんばそうであっても、政治家が自らの活動費や資産を増やすため、薬物密輸の可能性を知りながら都市銀行とサラ金業者を仲介したという構図でメディアが騒ぎ立てれば、国政の混乱は必至だろう。

兄がデータを発表することに躊躇していたのも、その間に井澤組に依頼を受けた前嶋に命を狙われたのも、元木の話を聞けば納得できる。政治家との癒着《ゆちゃく》の部分だけは、井澤組としてもなんとか外部に漏れないようにしなければならなかったのだ。

「闇は思いのほか深かったということでしょう。お兄さんの仕事が評価される日がくるかはわかりませんが、やっぱり優秀なジャーナリストだったことは間違いないようですね」

それが紀美原の精一杯の慰めだと修司もわかっていた。人が突きつめないところまで調べ上げた記者魂は見上げたものだと思う。それでも、危険に飛び込みすぎて命を落としたあげくに義姉までが犯人の毒牙《どくが》にかかってしまった。

誰を責めるでもない。しいて言うなら、犯罪で私腹を肥やしている連中が一番許しがたい。ただそれを完全に暴くことは難しく、それによって社会秩序が乱れることを考えれば、人はどこまで真実に近づけるのかわからなくなる。かくも世の中は複雑で、正義を貫くことさえままならない。一点の穢《けが》れもないユートピアは存在しないということだ。

今回の一連の事件は前嶋がどこまで供述するかにかかっている。一筋縄でいく男ではない。おそらく、兄の案件については素知らぬ顔で自分とは無関係だと主張するだろう。時間の経過から証拠を見つけるのも難しく、立証は厳しいと覚悟している。ただ、義姉の件に関してだけは絶対に罪に問い、日本の法で裁かれることを祈っている。

「先にシャワーを浴びるといい。疲れているだろう」

大阪府警から戻る途中で夕食もすませてきたので眠るだけだが、修司は紀美原に先にシャワーを勧めた。紀美原が遠慮なくバスルームに入ると、修司は小さく吐息を漏らしてしまう。いまさらとはいえ、紀美原と同じ部屋で一晩を過ごすことを考えると気持ちが落ち着かない。

（どうすればいいんだ……）

昨夜はごく自然に彼の体を抱き締めてしまった。本当に彼を失うことを考えると完全に理性を失ってしまい、前嶋にかなりのダメージを与えてしまった。彼は未だに医者の治療を受けているが、あのときは紀美原が殺されるくらいなら、どんな罪に問われようとも前嶋を倒すしかないと思ったのだ。

（彼が止めてくれなければ、俺は前嶋を殺していたかもしれない……）

今思い出してもゾッとする。だが、彼は怒りにかられて感情をコントロールできなくなった修司を止めてくれたのだ。彼自身が自己防衛のために犯人を殺害している。少年期の彼は一週間の拉致監禁と性的虐待に耐えかねて鋏《はさみ》で犯人を滅多刺しにしたことで、自分の中に潜む狂気に怯えてきた。それが正当防衛であると頭では理解していても、彼は人を殺めて血に染まった己の手から目を背けて生きている自分に疑問を抱き続けてきた。

修司もまた自分の中の満たされない思いを危険に向き合うことで消化してきた。そのことをあえて考えず、この先の人生も己自身を押し殺して生きていけばいいとどこかで諦めていたところがある。

誰でも人には言えず、自分の胸の内だけで抱えている問題はある。それがどれくらい深刻なものかは、本人にしかわからないことだ。あるいは、本人でさえそれにどれくらい自分が支配されているか気づいていないこともある。

窮屈さや不自由さを感じながら生きているうちに、やがてはそれが真綿のように自分の首を絞めていることに気がつくのだ。気がついてその真綿を引きちぎろうとしても、それはすでに何重にも折り重なって巻きつき、やがては呼吸さえできないほどに苦しくなっていく。

兄の不審死があり、義姉の事件が起こり、それらがきっかけとなって修司は復讐を誓い前嶋を追って東京を離れた。あのとき、修司と行動をともにすると言い出した紀美原もまた、そうすることで自分を解放しなければ本当に目には見えない真綿によって窒息させられていたのかもしれない。

窓辺から数キロに先に広がる大阪のネオン街を見つめていると、バスルームのドアが開いた。紀美原が上半身裸で、腰にタオルを巻き濡れた髪をかき上げながら出てきた。

「お先でした。あなたも早く浴びてくるといい。とてもさっぱりする」

そう言う今夜の紀美原はすっかりリラックスした状態でベッドに座り、携帯電話のメールチェックを始めた。

盆はすでに過ぎているとはいえ、まだまだ残暑の厳しい八月の終わりだ。炎天下の港での現場検証などで汗をかいていた修司は、着替えを持ってバスルームに入るとシャワーを浴びながら考えていた。

紀美原との関係はどうなるのだろう。修司は彼に惹かれている自分をごまかしようもない。ただ、前嶋の身柄を確保するという共通の目的を果たした今、自分たちの間に何かあるだろうか。一週間をともに過ごした同胞意識か、あるいは彼もまた少しは修司に対して特別な気持ちを抱いてくれたりするのだろうか。

昨日の夜、前嶋に手錠をかけてから彼を抱き締めたとき、紀美原に修司を拒む気配はなかった。けれど、すぐにシャワーに打たれながら首を横に振る。

(さすがにそれはないか……)

あれは死闘のあとの安堵から修司の腕に黙って抱かれていただけだろう。恋人はいないと言っていたが、恋愛についてはあまり関心がなさそうな気がする。そして、修司もまた恋愛に関しては諦めてきたところがあるので、いまさら誰かと特別な関係を構築できるとは思えなかった。

そう思えば、今夜が紀美原とともに過ごす最後の夜になる。自分から肉体関係を求める気はないが、この気持ちくらいは伝えてもいいだろうか。彼が負担に思わなければいいが、そんな心配をしなくても紀美原なら一笑に付してしまう気もした。

シャワーを終えた修司がバスルームを出ると、紀美原が下着姿のままで横になっていた。手元には携帯電話が放置されたままで、メールの確認などをしているうちに睡魔に襲われて眠ってしまったようだ。

修司はそばへ行くと携帯電話をベッドサイドのテーブルに置いて、シーツをそっと引っ張りブランケットと一緒に彼の肩からかけてやろうとした。すると、シーツをつかんだ修司の手を紀美原の手が握ってきた。眠っていると思ったのでちょっと驚いたが、うっすらと目を開けた彼を見て修司が謝った。

「すまない。起こしてしまったか？」

「いいえ、眠っていません。でも、あなたがなかなかバスルームから出てこないから、ちょっと待ちくたびれました」

まさか待たせているとは思わず修司が困ったように濡れた髪を片手でかき上げていると、紀美原が自分のベッドをまだ傷痕の残る左手で軽くポンポンと叩いた。ここに座れという合図だとわかって、修司はちょっと迷ったものの横になっている紀美原のすぐそばに腰を下ろした。

「あの、君とはいろいろと……」

この旅で紀美原と過ごし、修司は自分自身について見直すことができた。特に自分の性的指向についてはあらためて受け入れて向き合っていこうと思えるようになった。そんな修司の個人的なことを聞かされても仕方がないのかもしれないが、けじめとして礼の一つも言っておいてもいいかもしれない。だが、修司が言葉を選んでいると、紀美原は小さな吐息とともに先に口を開いた。

「あのとき、あなたが前嶋を刺そうとしたのを見て止めなければと思った」

「ああ、その件についても礼を言わなければならない。君の声を聞かなければ俺は取り返しのつかないことをしていただろう」

けれど、紀美原はなぜか小さく首を横に振る。

「あなたに手を汚してほしくなかったからです。でも、あなたを止めたことでわたし自身が長年のトラウマから解放された気がした……」

「そうなのか？」

まさかあの瞬間に、そんな劇的な変化が紀美原の中で起こっていたとは思わなかった。

「怒りで相手を殺そうとしたあなたに自分の姿が重なりました。わたしは何度も夢で自分を誘拐し拉致監禁した男を殺してきました。悪夢を何度も何度も繰り返してきたんです。でも、あなたを止めたことで、わたしはあのときの自分を止めたのかもしれない。よくわからないけれど、そんな気がしたんです」

紀美原の言っていることはなんとなくわかる気がした。少年のときの彼の行動は自分を生かすための防衛本能によるものだった。だが、紀美原は成長とともに怒りや恐怖に駆られたとき、向き合った敵を迷わず殺める自分がいるのではないかと疑うようになっていったのだろう。

正当防衛という意味を理解して、少年だった自分の行動に整合性をつけたとしても、心の中では常に拭いきれない自分自身に対する不安と疑いがあったのだ。けれど、同じように怒りで敵を殺しかけた修司を止めることによって、紀美原はようやくトラウマから解放された。自分は追い詰められた状況でも冷静に判断できると確信を持つことができたのだろう。

「君個人にとっても意味のある事件だったわけで、俺を救ってくれたばかりでなく君自身も救われたならよかったと思う」

修司がそう言うと、ベッドで体を少し丸めて横になっている紀美原の肩を片手でそっと撫でた。もう片方の手はまだ紀美原の手に握られたままだ。その手を彼が自分の唇へと持っていく。

「紀美原……」

「良《りょう》です。わたしの名前、知りませんでした？」

「あっ、いや、知ってはいたが……」

最初に警察手帳を見せられたときは意識していなかったが、元木から紀美原について彼の過去も含めて聞かされたときに下の名前も覚えた。

「だったら、そう呼んでください」

もちろん彼を名前で呼ぶのはやぶさかではない。けれど、その前に確認しておきたいことがあった。

「俺は自分の性的指向と向き合うべきだと思えるようになった。君のおかげなのは間違いない。それは君という存在が俺にとってとても魅力的だったからだろう。こんなことを真面目《まじめ》に言葉にしたら笑われるかもしれないが、今回の事件を通して君を愛しいと思ったし守りたいと思った。でも、君は……」

紀美原の気持ちを確認しようとしたら、彼が初めて見るような柔らかい笑みを浮かべて言う。

「抱かれたくない相手に体を許すつもりはないって言いましたよね？　あなたに抱かれるととても気持ちがいい。これまでの誰とも違って、とても満たされるんです。心も体もね……」

誘い言葉としては充分だった。修司は紀美原の体に自分の体を重ねると同時に、唇も重ねていった。薄く冷たい印象を漂わせる唇だが、合わせてみればしっとりと吸いつくようで温かい。舌で口腔《こうこう》を探ればさらに心地よく修司の気持ちを高ぶらせてくれる。

「ああ……っ。大上さん……」

「修司だ。君も俺の名前を知っているんだろう？」

互いに名前を呼び合う関係になることを認め合った。これで二人は刑事と疑いの晴れた容疑者の関係だけではなくなったということだ。

初めて抱いたときは戸惑い半分だった。二度目のときは疲労や不安の中にあって、互いに捌け口が必要だったと思う。三度目ははっきりと欲望から抱き合った。三回とも今回のような明確な愛しさはなかったかもしれないが、それでも修司は出会ったときからこの美しい男に惹かれている部分があったように思う。

ただ、義姉のことを案じる気持ちと、自分に疑いがかかっているという現実に困惑していて、紀美原への特別な感情を意識する心の余裕がなかったのだ。今も義姉のことは案じている。前嶋を捕まえて法の下で裁かれることになっても、義姉の意識が戻らなければ修司の気持ちが晴れることはない。それでも、紀美原への感情を抑えることはもはやできないことだった。

何度も唇を離しては重ね、修司は紀美原の体の隅々まで手の届くところをすべて撫でていく。白い肌は修司の知っている女性のものよりすべらかだ。乾きかけている髪もつややかで指の間をさらさらと流れて落ちていく。

まるで丁寧に作られた人形のように美しいけれど、抱かれれば淫らに喘ぎ妖しく乱れる。

その姿もまたとても魅惑的だと修司は思うのだが、彼は自分の性的指向については少年時代の経験からなのか先天的にそうだったのかわからないと言う。自分の中のトラウマから解放されて、性の問題も彼の中で解決したのだろうか。修司が愛撫の手を止めないままたずねれば、紀美原は快感に身をまかせながら小さく首を横に振ってみせる。

「わからない。でも、あなたと抱き合っているとそんなことはどっちでもいいと思える。それがとても不思議だったけれど、そう思えるならこれ以上考える必要もない気がしたんです」

そう言うと、紀美原は修司の首筋に両手を回したままゆっくりと体を入れ替える。修司が下になり紀美原が体を重ねてきて、今度は彼の手と唇と舌が愛撫を始める。

「んっ、くぅ……っ」

欲求を満たすだけの関係なら不自由はしなかったと言っていただけあって、紀美原は修司よりはずっと手馴れている。彼が与えてくれる快感にうっとりとさせられているが、同時に紀美原がこの体を貪ることを楽しんでいるとわかるのがより修司を興奮させる。

「ああ……っ、良……」

思わず彼の名前を呼んだ。たったそれだけのことでも、自分たちの距離がずっと縮まったような気がした。だが、紀美原はもっと近く、もっと深く重なり合いたいとばかり修司の股間へと顔を埋めてくる。その刺激が強烈なのは知っていて、彼の口で果ててしまわないようにうまく快感を受け流さなければならなかった。

そして、与えられるばかりではいられない。修司もまた紀美原のすべてを知って味わいたいと思っていた。この美しい男のものはどんな感触なのだろう。修司の口での愛撫に対して、どんなふうに反応するのだろう。欲望と好奇心が修司をつき動かして、紀美原を自分の股間からゆっくり引き上げた。

彼の体をベッドヘッドにもたせかけて座らせると、膝を大きく割らせて充分に張りつめている彼自身に手を伸ばす。やんわりと根元の部分をつかみ先端から口の中へと含んでやると、すぐさま淫らな声が上がる。先走りがこぼれ落ちてくるのを舌で嘗め取り、根元のあたりを握った指を伸ばしては二つの膨らみをくすぐるように愛撫する。

「んんぁ……っ、あ、あん……っ。しゅ、修司さ……んっ」

せつなさを含んだ声色で名前を呼びながら、紀美原は貪欲《どんよく》に刺激を求めて腰を浮かす。彼がどこに何をほしがっているかはもう知っている。修司は彼の股間への愛撫をやめないまま、ベッドサイドのチェストに置きっぱなしになっていたボディクリームを手に取った。クリームをつけた手を浮いた腰の下に潜り込ませ、彼の後ろの窄まりに指をまずは一本から埋めてみる。

「んふっ、んんぁ……っ」

そこはとても柔軟で、修司の指を迎え入れるように呑み込んでいく。指を二本に増やしても同じだ。そして、紀美原の顔を見ればとろけそうな表情で、普段は涼しげな目を潤ませている。

「もう一本入れても大丈夫か？」

「へ、平気。入れてっ。もっと奥まで、あなたの指で慣らして……」

甘えるように言われるのはとても心地がいい。強い男だと知っているからこそ、彼の無備な姿を見るだけで興奮が背筋を突き上げていく感じがする。さらにクリームを増やして、彼の体の中を三本の指でまさぐった。熱い内壁のあちらこちらを押したり擦《こす》ったりするだけで、紀美原はだらしなく開いた口から淫らな快感の声を漏らす。

「あぁう、いい……っ。中が熱くてたまらないっ」

紀美原の言うとおりで、修司の指もまた熱く濡れた感触に自分自身が強く脈打つ感覚を覚える。また、彼の窄まりに指を抜き挿しするたびに響く湿った音がコントロールしがたい欲情を煽っていた。少しでも快感のときを引き伸ばし味わいたい気持ちと、早く紀美原の中へ限界が近いものを押し込みたい衝動とが闘っていた。だが、そんな修司の迷いも紀美原の言葉で吹っ切れる。

「も、もう、ほしい。修司さん、あなたのがほしい。硬いので奥まで突いて……」

うわごとのように囁くその言葉に修司は手早く準備を整えると、紀美原の両膝裏に手を回して腰を持ち上げる。白い彼の下腹に赤味を帯びて勃起《ぼっき》した性器の先端が触れそうな格好で、後ろの窄まりは小さく痙攣しながら修司自身が埋め込まれるのを待っていた。

「良、苦しかったら言ってくれよ」

まだそれほど慣れていない修司にしてみれば、彼に苦痛を与えることだけは避けたかった。けれど、紀美原は少しくらいの苦痛がかえっていいのだと舌嘗めずりをして言う。弱くてデリケートな女性の体とは違うから、壊れ物を扱うようにする必要はない。

紀美原がそうなのか、男同士がそうなのかはわからない。だからといって、修司が遠慮もなく乱暴に抱けるわけもなかった。骨格のしっかりとした男の体であっても、苦痛で彼の美しい顔を歪ませたくはない。修司が見たいのは快感に身も世もなく啼く紀美原の姿なのだ。

「うく……ぅ」

あれほど解しておいたにもかかわらずまだそこは充分にきつくて、修司自身を強く締め上げてくる。強烈な快感に眩暈《めまい》さえ覚えながら、それでも修司はゆっくりと抜き挿しを始めた。奥へ奥へと潜り込んでいくほどに、紀美原が自分の腕の中にいる現実が奇跡のように思えてくる。

心の中にあった大きな虚無を埋めるためには、危険な任務に就いて常に緊張の中にいるしかないと思っていた。けれど、それを埋める新しい術を見出した。大切な存在を見つけ、守っていこうと思うことで修司は満たされる。

「あっ、いい……っ、いいっ。修司さんっ。す、すごく、感じる……っ」

紀美原はあられもない姿で感じるままの言葉を口にする。その言葉にまた煽られて修司も

動きを速め、やがては二人とも限界に達する。まずは紀美原が自らの下腹に白濁を噴き出した。わずかな間を置いて、修司もまた動きをピタリと止めてその瞬間を彼の体の中で迎えた。

そして、二人がほぼ同時に深く長い吐息を漏らし、ベッドの上で体を並べて横になる。荒い呼吸が落ち着くまでじっと互いの手を握り合っていた。やがて先に呼吸を整えた修司は、今夜はコンドームをつけていなくて濡れてしまった紀美原の下腹をそばにあったタオルできれいに拭ってやる。

彼はじっとしてされるがままになっていたが、体がきれいになったところで寝返りを打って横を向く。修司もまた彼のそばに体を横たえると紀美原が白い手を胸にのせてきて、そこを優しく撫でさすりながら囁く。

「やっぱり、あなたは不思議な人だな。あなたがいてくれるととても心強い。そんなこと、これまでの人生で誰にも思ったことはないのにどうしてだろう?」

紀美原が気だるい声でたずねる。どうしてと聞かれても修司にもよくわからない。ただ、彼のことは守りたいと、この旅の途中からはっきりと感じるようになっていた。

そのことを伝えようと思ったが、急に疲れが押し寄せてきたようで瞼が重くなってきた。紀美原の手はまだ修司の胸を撫でてはいたが、見れば彼の目もすでに閉じられていて、今にも深い眠りの淵へと落ちていきそうだった。

とりあえず、このまま一眠りしよう。そして、明日の朝目覚めたら彼に伝えよう。紀美原こそが修司にとって不思議な存在なのだと。心から愛しいと思える誰かに会える日がくるとは思っていなかったのに、その人がこうして目の前に現れた。そのことがまるで奇跡のようだと、彼の体を抱き締め感謝とともに伝えようと思っていた。

目覚めたとき、抱き締めて思いを伝えようとしていた相手はすでに部屋にはいなかった。ベッドサイドのチェストの上には一枚の置手紙が残されている。それを手に取ると、紀美原の字で短い走り書きがあった。

『一足先に東京へ戻ります』

無理もない。容疑者の身柄を確保したのに、いつまでも大阪に留《とど》まっているわけにはいかない。さっさと警視庁に戻り、今日にも移送される前嶋の取調べに当たらなければならないのだろう。

それにしてもあっさりとした一文だ。紀美原らしいといえばそうかもしれない。修司はベッドから下りてシャワーを浴びる前に簡単に荷物をまとめる。

一週間近く紀美原と一緒に過ごした広くもないツインの部屋だが、一人になってみればなんだかすっきりとしていて寂しさを感じないでもない。けれど、自分ももうここにいる必要はない。一時間ばかりでチェックアウトして、車を飛ばして戻れば今日の夕刻前には東京に着いているだろう。

　まずは義姉の病院へ見舞いにいくつもりだ。それから、元木に連絡を取って大阪であったすべてを報告しようと思っていた。紀美原とのことはどこまで話すかわからないが、それはそのときのことだと思っていた。きっと元木は事実を知ってもどうということもないだろう。驚きはしても、それで修司との関係がこれまでと変わることはないと思う。彼はそれだけ多くのことを許容できる人間だとわかっている。

　シャワーを浴びる前に窓辺に行って、あまりにも多くのことがあった大阪の街を見下ろした。こうしてビルの高層階から見ると都会はどこでもよく似たものだ。だが、自分の足で歩けば、そこには様々な人が生きていて様々な人生があることを知る。

　修司もまたこの街で、自分の人生においてとても貴重な時間を過ごした。いつかまたくる日があるかもしれないが、そのときは事件絡みでないことを願っている。

　手早くシャワーを浴びて身支度を整えると、部屋を見回して忘れ物がないか確認する。荷物を肩にかけてカードキーを手に部屋を出ようとしたときだった。修司の携帯電話が鳴って、出ると母親からだった。

『修司、今どこなの？　どこでもいいから早く帰ってきてっ。彩香さんが……っ』

ひどく焦った声を聞いて、修司の心臓がドクンと激しく打った。

「義姉さんが、どうかしたのか？」

『意識を取り戻したのよっ。今朝方、看護師さんが見回りにきたときに、目を開いていてね……』

医師や家族の呼びかけに視線を向け、指先もわずかだが動きがあったという。その朗報に思わず叫びたくなった。きっと兄が義姉を守ってくれたのだと思った。「まだ生きろ」と義姉を死の淵から優しく押し戻してくれたのだろう。

修司はできるだけ早く帰ると告げて電話を切ると、すぐにチェックアウトして駐車場に向かった。車に飛び乗ってシートベルトを締めたとき、また着信音が鳴った。一刻も早く東京に戻りたくて気持ちは焦っていたが、義姉の容態にまた何か変化があったのかもしれない。てっきり母親からだと思って電話に出たら、それは紀美原からだった。

『そろそろチェックアウトしましたか？』

まるで見ていたかのように言い当てる。義姉が意識を取り戻したと連絡があって、今から急いで東京に戻るところだと伝えると、紀美原もその朗報に安堵の声を漏らしていた。このまま順調に回復してくれれば、紀美原の自責の念もずっと薄らぐことだろう。

「そっちはもう東京か？」

早朝に部屋を出て新幹線を利用したなら、この時間はもう東京に着いている頃だ。

『今、東京駅から霞ヶ関に向かっているところです』

前嶋が移送されて、身柄を受けたらすぐに本格的な取調べが行われる。その前に担当捜査官への報告をしておかなければならないのだろう。

『ところで、あなたと一緒にいると安心できる理由がわかりました』

「どういう理由だ？」

唐突な紀美原の言葉に修司が問えば、答えを見つけた清々しさとともに彼が言う。

『簡単なことでした。それは、わたしたちがお互い群れからはぐれた狼のようなものだからですよ』

それについては修司も納得できる。

「確かに、違いない。だが、はぐれ者同士で新しい群れを作ることはできると思う」

修司はやっと出会えた新しい群れの仲間を大切にしたいと思っていた。けれど、紀美原は修司の言葉をどんな表情で聞いているのかわからない。もしかしたら、そんな群れなど作りたくはないと思っているだろうか。しばらく返事がなくて、少し不安になった。そのとき、小さな笑い声が修司の耳に届き紀美原が言った。

『新しい群れですか。二匹でも群れと言うんですかね？　でも、それもいいですね』

そう言うと、紀美原は明日にでも義姉の見舞いに行きたいと言ってくれた。修司も時間が許すかぎり病院へ足を運ぶつもりだ。そのときに会えるかもしれないが、約束はしなくてもいい。新しい群れを作るといっても、自分たちはやっぱり群れからはぐれた者同士であることには違いないのだ。だったら、少しずつ一緒にいることに慣れていけばいい。そして、いずれは彼とともに新しい人生を考えられるようになればいいと思っている。

『それじゃ、また』

紀美原がそう言って電話を切った。修司は携帯電話をダッシュボードに放り込むと、車のエンジンをかけてナビに登録してある自宅住所を押した。東京まで約六時間。走り出した幹線道路のアスファルトには、まだまだ厳しい残暑によって陽炎《かげろう》が揺らめいていた。

あとがき

ロードムービー的なお話が好きです。小説を読むことがすでに現実から異世界にジャンプする行為ですが、その中でもさらに登場人物たちが非日常へ飛び出していく感じが好きです。緊張感や焦燥感、ひとときの安堵や解放感。それらがごちゃまぜになりながら、周りの景色がめまぐるしく変化していく。立ち止まればそこに誰かの生活があるけれど、自分は通り過ぎるだけの人間でしかない。異国ならなおさら、同じ国にいても異邦人のようなどこかせつない気持ちになる瞬間があります。そして、そのときそばにいる人に心が引き寄せられるのを、人は止められなかったりするのかもしれません。

これまでも逃亡したり追跡したりという話はたびたび書いてきたのですが、今回もまた旅の途中で二人の心が交錯していく様が書いていてとても楽しかったです。

挿絵は水名瀬雅良先生に描いていただきました。緊迫感のあるシーンを、イメージどおりのキャラクターたちでとても美しく描いてもらいました。厳しいスケジュールの中で、いつも素晴らしい絵をいただき深く感謝しております。

さて、例年どおり梅雨を避けて一ヶ月ほど北米に滞在していましたが、明日には帰国。というわけで、この「あとがき」はカナダの滞在先で書いております。いい天気続きの一ヶ月でした。なでしこジャパンの試合も見ました。いいコレクティブルも見つかりました。

そして、今年は家の裏庭に鹿の親子が登場。毎朝、バンビちゃんとママが草を食べているのを眺めながら、わたしはヨーグルトとグラノーラの朝食を食べるという日々でした。夕刻になると、裏庭のチェリーの木にアライグマの親子が現れます。小鳥の巣箱に餌を吊るしてあるので、そのナッツを目当てにリスがやってきて頬を膨らましていきます。彼らの生態を観察しつつ写真を撮るのが習慣化してしまい、すっかり「一人で勝手にナショナルジオグラフィック」状態でした。

来年にはあのバンビちゃんも背中の白い斑点が消えて、りっぱな大人の鹿になっているのでしょうか。わたしまで母親気分になっていて成長は楽しみなんですが、ピョンピョンと母親鹿の周りを跳ね回る愛らしい姿が見られなくなるのがちょっと残念な気もします。

というような今年のカナダ滞在でしたが、帰国したらまたお仕事に励みます。暑い真夏の日本でしっかり汗をかきながら、多分真冬の話を書いていることでしょう。これもまたわたしが味わう日常からの逃亡なので、楽しいことに変わりはありません。それでは、次作でお会いできるまでお元気で。

二〇一五年　六月末日　　水原とほる

✦初出　美しき追跡者……………書き下ろし

水原とほる先生、水名瀬雅良先生へのお便り、本作品に関するご意見、ご感想などは
〒151-0051 東京都渋谷区千駄ヶ谷 4-9-7
幻冬舎コミックス　ルチル文庫「美しき追跡者」係まで。

幻冬舎ルチル文庫

美しき追跡者

2015年7月20日　第1刷発行

✦著者　水原とほる　みずはら とほる
✦発行人　石原正康
✦発行元　株式会社 幻冬舎コミックス
〒151-0051 東京都渋谷区千駄ヶ谷 4-9-7
電話 03(5411)6431［編集］
✦発売元　株式会社 幻冬舎
〒151-0051 東京都渋谷区千駄ヶ谷 4-9-7
電話 03(5411)6222［営業］
振替 00120-8-767643
✦印刷・製本所　中央精版印刷株式会社
✦検印廃止

ISBN978-4-344-83493-4　C0193　Printed in Japan

幻冬舎コミックスホームページ　http://www.gentosha-comics.net